本书是2021年度江苏高校哲学社会科学研究重大项目“生态批评视域下的当代美国南方小说研究”（项目编号：2021SJZDA103）阶段性成果、2021年度国家林业和草原局林业遗产与森林环境史研究中心“当代美国南方小说中的环境史书写研究”项目成果。

外国文学研究丛书

历史语境与文本再现

——福克纳小说创作研究

张鲁宁　著

苏州大学出版社

图书在版编目(CIP)数据

历史语境与文本再现：福克纳小说创作研究 / 张鲁宁著. — 苏州：苏州大学出版社，2021. 8
(外国文学研究丛书)
ISBN 978-7-5672-3652-3

Ⅰ. ①历… Ⅱ. ①张… Ⅲ. ①福克纳(Faulkner, William 1897 – 1962)–小说研究 Ⅳ. ①I712.074

中国版本图书馆 CIP 数据核字(2021)第 141038 号

书　　名：历史语境与文本再现——福克纳小说创作研究
LISHI YUJING YU WENBEN ZAIXIAN——FUKENA XIAOSHUO CHUANGZUO YANJIU

著　　者：张鲁宁
责任编辑：万才兰
策划编辑：汤定军
装帧设计：刘　俊

出版发行：苏州大学出版社(Soochow University Press)
社　　址：苏州市十梓街 1 号　**邮编**：215006
印　　装：广东虎彩云印刷有限公司
网　　址：www. sudapress. com
E - mail：tangdingjun@ suda. edu. cn
邮购热线：0512-67480030
销售热线：0512-67481020

开　　本：700 mm × 1 000 mm　1/16　**印张**：10　**字数**：150 千
版　　次：2021 年 8 月第 1 版
印　　次：2021 年 8 月第 1 次印刷
书　　号：ISBN 978-7-5672-3652-3
定　　价：48.00 元

前　言

威廉·福克纳(William Faulkner,1897—1962)是美国文学史上最重要的南方作家之一。他一直被认为是美国"南方文艺复兴"运动中最具代表性的作家,取得了举世瞩目的文学成就,赢得众多来自世界各地的读者。他在自己的文学作品中构建了独特的小说体系——约克纳帕塔瓦法世系小说。福克纳在"邮票大小的地方"展现了美国南方社会群体的众生相。他通过深刻的心理描写塑造了来自不同阶层的南方人物形象,折射了整个人类社会。从福克纳的作品可以看出,他的文学创作采用了多角度叙述、对位结构等多种现代叙事策略。他的作品照应了时代语境,蕴含了丰富的文化内涵。他的创作风格使他跻身于西方最经典的现代派小说家之列。

在过去半个多世纪里,福克纳在世界文坛上产生了深远影响,是各国作家争相模仿的榜样。同时,他也是各国文学评论者关注的对象。很多文学评论者将其作品的人物特征表现与历史语境相结合,取得了丰富的文化批评研究成果。本书主要考察福克纳如何在文学创作中想象性地再现其所处的历史语境,全面探究福克纳的文学作品与其所处时代的关系。本书梳理、评价了福克纳各创作阶段的代表作品,将主要代表作品与福克纳所处时代的特定历史语境相联系,运用文化批评的相关理论和视角阐释福克纳作品的内涵。

本书主体部分由六章构成。第一章是导论,从对福克纳及其生活时代背景的简略介绍开始,梳理自福克纳作品问世以来国内外相关研究的主要发展脉络,归纳半个多世纪以来的主要研究成果,完成对福克纳作品及其研究概貌的综述,挖掘福克纳的独特审美内涵,并在此基础上推导出本书的选题意义和研究价值，最后指出主要研究内容和研究架构。

第二章为“美国南方历史语境与福克纳的创作”，从整体研究层面阐述南方历史语境与福克纳的创作的关系，为后续研究奠定基础。具体研究分为两个层面，即美国社会自内战结束至20世纪60年代发生的变革和福克纳不同时期的创作轨迹。该章首先介绍和描述福克纳所处时代美国发生的重要转变，即完成国家统一和实现从农业文明向现代工商业文明的转变。工业革命开始后，南方工业迅猛发展，铁路网拉近了人们的距离，使城镇逐渐成为南方经济、文化和政治的区域中心。与此同时，南方传统农业文明受到强烈冲击，人们的消费习惯和生活方式发生重大改变。这一时期还发生了经济大萧条、第一次世界大战、第二次世界大战、民权运动等重要事件。此部分将福克纳的创作分为三个阶段，即1920—1929年的早期创作阶段、1930—1949年的鼎盛创作阶段和1949年以后的后期创作阶段，结合不同创作阶段的历史语境和文化氛围对福克纳不同时期的文学创作进行总结和归纳。

第三章为“美国南方历史语境与福克纳小说中的文化变革书写”，主要从农业文明的消逝与工业文明的兴起、消费文化的传播与传统道德观的沦丧、生态危机的凸显与对工商业文明的批判三个方面，全面考察福克纳在小说文本中如何具体呈现美国南方社会自内战结束至20世纪60年代的文化变迁。福克纳在创作中展示了美国19世纪末20世纪初农业机械化的过程，由此可透视美国南方社会农业文明向工业文明过渡的重要特征及工业化对农业文明产生的影响。在福克纳的文本中，与消费相关的书写表现了现代工商业文明对传统农业文明的侵蚀，改变了人们的消费观念和消费习惯；福克纳通过继承荒原传统表达了自己对于工商业文明的批判态度。

第四章为“美国南方历史语境与福克纳小说中的阶层再现”，主要借助现代社会学理论研究福克纳作品体系中所呈现的南方特定社会的阶层特点。福克纳在众多作品中以美国南方庄园、偏僻农村和城市化进程中的城镇为背景，描述了工业文明和文化冲击下的农村和城镇中的不同阶层，也展示了美国南方特定历史时期社会各阶层居民的生活及精神状态。福克纳在众多作品中塑造了萨德本百亩地庄园、麦卡斯林庄园、老法国人湾、杰斐逊城镇等美国南方社会文化变革时期的典型地理空间代表。这些地理空间是美国南方社会发展变化的缩影，我们透过它们可以窥见工业文明和文化冲击下的南方居民阶层变革，可以更好地理解生活在其时的主要人物的心理身份和行为动机。

第五章为“美国南方历史语境与福克纳小说中的人物刻画”，借助社会学家关于身份的概念分析福克纳作品中人物的身份特征，主要包括《献给爱米丽的一朵玫瑰花》中的爱米丽·格里尔森、《坟墓的闯入者》中的加文·斯蒂文斯。这两个人物分别对应了没落的旧南方贵族和现代南方的新兴中产阶级。他们的身份特征照应了他们所处的特定历史语境。无论是旧南方贵族淑女爱米丽的颓废腐朽，还是加文的新兴中产阶级形象，都凸显了美国南方社会自内战结束至20世纪60年代文化变迁时期的阶层人物特征。

第六章是结论。福克纳的整个创作时期是在第一次世界大战之后。他进行了四十多年的文学创作后，于1962年去世。他生活的年代是南方社会发展变革的重要时期，发生过众多重要的历史事件，其创作也必然与这一时期的历史文化语境密切相关。福克纳的作品以多种叙事手法再现了美国南方在这一时期的社会变革面貌。将福克纳的作品置于美国南方特定历史语境下进行研究可以使我们更深入地理解其作品的艺术内涵。

目 录

第一章 导 论

独特的地理位置、气候特征、奴隶制制度、种植园经济、南北战争战败的创伤记忆等共同塑造了独特的美国南方文化传统，南方人民“共同的历史经历”（Woodward，1960：16）塑造了南方的独特之处。即便美国南方在战败后被纳入全国经济、政治一体化发展轨道，植根于南方社会深层结构的一种南方精神依然延续存在。美国南方因其独特的“南方性”而成为一个独具魅力的地域空间和文化空间。20世纪二三十年代，南方地区“爆发出强劲的文学能量”（Bradbury，1963：7），催生了著名的“南方文艺复兴”，而来自密西西比州奥克斯福（Oxford）的威廉·福克纳则被称为南方文艺复兴的旗手。

福克纳出生、成长和生活的地区处于南方腹地，南方独特的地域文化孵化出他文学创作中的地区认同或地方意识。这种地区认同或地方意识在其作品中若隐若现，成为一种无意识创作。正如肖明翰在论证南方作家与南方的关系时所言，任何人“都是他生于其中、长于其中的社会和文化传统的产物。不论他愿意、不愿意，各种社会因素和传统就像遗传基因一样存在于他思想的深层结构之中，决定着他的思想、思维方式和他对待生活、对待世界的基本态度”（肖明翰，1999b：47－48）。福克纳的约克纳帕塔法世系小说中的人物形象丰富多样，折射出南方社会在美国内战结束后的历史文化变革期所发生的深刻变化。此外，福克纳的创作深受现代主义思潮影响，不但采用意识流等现代派小说创作技巧，而且还表现了新旧秩序更迭之际的文明冲撞和文化变迁这一典型的现代主义文学主题。在某种意义上而言，与现代主义文学运动相同，南方文艺复兴也是社会转型的产物，两者有着共同的历史与文化语境。正是在此意义上，南方文艺复兴被一些学者视为“现代主义文学的重要组成部分”（肖明翰，1996：167）。

福克纳是南方文艺复兴文学界最杰出的作家代表，一生共创作了19部长篇小说、近百篇短篇小说，在自己的文学作品中构建了独特的约克纳帕塔法世系小说体系。作为20世纪世界文学中的领军人物，福克纳不仅影响了同时代的尤多拉·韦尔蒂（Eudora Welty）等作家，也影响了约翰·斯坦贝克、加西亚·马尔克斯、莫言等其他诺贝尔文学奖获奖作家，其号召力是“全球性的”，“名声和影响力到达了世界各地”（罗伯特·韦恩·韩布林，2020：112）。福克纳的约克纳帕塔法世系小说之所以取得如此辉煌的艺术成就，不仅源自其作品中的地方意识，还得益于小说本身的艺术价值，尤其是其作品中对于南方特定历史语境的独特再现。

第一节　国外研究述评

在正式开始创作小说之前，福克纳首先创作了两部诗集，即《春之幻景》（*Vision in Spring*，1921）和《大理石牧神》（*The Marble Faun*，1924），不过并没有引起评论界的很多关注。1926年，福克纳开始转向小说创作，随后出版了《士兵的报酬》（*Soldiers' Pay*，1926）。1927年，福克纳出版了第二部小说《蚊群》（*Mosquitoes*，1927），塑造了一群放荡不羁的艺术家形象。从《萨托里斯》（*Sartoris*，1929）开始，福克纳开始了约克纳帕塔法世系小说的创作。同年出版的《喧哗与骚动》（*The Sound and the Fury*，1929）把福克纳推向了世界级文学大师的地位。从20世纪30年代开始，随着作品越来越丰富，福克纳在文学界的声誉越来越高，并于1949年获得诺贝尔文学奖。此后，在福克纳研究方面，研究队伍越来越壮大，研究内容也更加理论化和系统化。此外，研究视角越来越多，批评理论也越来越多。福克纳在世界文坛上产生了深远的影响，除美国外，其研究者还遍及中国、英国、法国、德国、意大利、澳大利亚、俄罗斯、日本及阿拉伯国家。其作品被译为40多种语言，多位诺贝尔文学奖得主，如哥伦比亚的加西亚·马尔克斯、日本的大江健三郎、秘鲁的马里奥赫·巴尔加斯·略萨、中国的莫言等都在不同的公开场合承认福克纳深深影响了他们的创作。

迄今为止,全世界关于福克纳的研究已持续了半个多世纪,各种专著、论文等成果数量颇丰。据美国知名福克纳研究学者罗伯特·韦恩·韩布林(Robert W. Hamblin)统计,自福克纳1949年获诺贝尔文学奖以来,学界每年“出版一百多部(篇)关于福克纳及其著作的书籍和文章”(罗伯特·韦恩·韩布林,2020:112)。美国密西西比大学、东南密苏里州立大学、弗吉尼亚大学、得克萨斯大学设有与福克纳作品、手稿、文档相关的收藏中心。自1974年以来,密西西比大学每年召开的“福克纳约克纳帕塔法年会”(以下简称“福克纳年会”)几乎成为美国境内历史最久的专门讨论某位具体作家的研讨会。此外,福克纳多部作品被改编成电影,如《圣殿》(*Sanctury*,1931)、《坟墓的闯入者》(*Intruder in the Dust*, 1948)、《烧马棚》(*Barn Burning*, 1939)、《掠夺者》(*The Reivers*,1962)、《村子》(*The Hamlet*,1940)、《喧哗与骚动》、《我弥留之际》(*As Lay Dying*,1930)、《标塔》(*Pylon*,1935)等。

从国外福克纳研究成果来看,20世纪70年代以前的批评中主要是新批评占主导地位,评论者通过文本的字、词、句、章来阐释文本的意义。现在看来,这种把作品看成是孤立封闭的独立体系的做法有局限性,割裂了文本与文化、文本与作者的关系。较有综合性的研究成果有克林斯·布鲁克斯(Cleanth Brooks)所著的《威廉·福克纳与约克纳帕塔法县》(*William Faulkner: The Yoknapatawpha Country*, 1963),其中涵盖了对福克纳大多数作品的研究。70年代以后,结构主义盛行,批评者从结构主义视角对福克纳的作品加以阐释,得出了很多新的结论。这一时期还有一个特别明显的方面是福克纳文本改编的研究。福克纳喜欢写短篇小说,也擅长写长篇小说,他的长篇小说往往揉入了他在前期写的短篇小说。因此,评论者抓住这点,仔细分析被写进长篇中的短篇小说被福克纳做了哪些修改,通过对改编细节的认真比对,挖掘其中深意。80年代以后,福克纳研究变得空前繁荣,视野也变得更为开阔。这一时期西方哲学界出现语言学转向,以示与传统哲学的区别,在语言研究和文学研究领域留下深刻印迹。作为文学批评的一个重要课题,福克纳研究也受到明显影响,产生了不少语言研究方面的成果。比如,为了帮助读者了解福克纳作品中难懂的单词和句子、文学典故、方言及历史事件，有关福克纳作品注解类的研究成果开始出版。这些成果降低了读者阅读福克纳原文的难度，对于读者理解文本非常具有参考价值。福克纳作品词汇索引系列研究成果也陆续出版，业已成为福克纳研究者的重要参考书目。研究人员按照字母顺序给作品正文做了详细的索引，不仅显示每个词的上下文，而且标注每个词的出现频率。这对于文本细读是很好的指引。此外，福克纳的文化研究也是80年代的一个显著方面，性别、种族、大众文化都成为福克纳研究者感兴趣的话题。福克纳年会多次涉及文化批评主题，如"福克纳与女性"（"Faulkner and Women"，1985）、"福克纳与种族"（"Faulkner and Race"，1986）、"福克纳与大众文化"（"Faulkner and Popular Culture"，1988）、"福克纳与宗教"（"Faulkner and Religion"，1989）。

"福克纳与大众文化"研究是20世纪80年代末90年代初的一个亮点。在1990年出版的《福克纳与大众文化》的会议论文集中，收录了14篇1988年福克纳国际研讨会中的论文，从不同角度探讨了福克纳与大众文化的关系。[①]到了20世纪90年代，福克纳及其作品的文化研究进一步升温，成为这一时期的主流批评趋势。与80年代的文化批评相比，90年代的福克纳文化批评在研究思路、视角和方法方面都有了很大的转变。种族、性别是这一时期文化研究的重点。芭芭拉·拉德（Barbara Ladd）的著作《乔治·华盛顿·凯博、马克·吐温和威廉·福克纳的民族主义与种族歧视》（*Nationalism and the Color Line in George W. Cable, Mark Twain, and William Faulkner*，1997）将种族研究与南方文化、民族身份相结合，拓宽了种族主义的研究视野；迪亚娜·罗伯茨（Diane Roberts）的研究成果《福克纳与南方女性身份》（*Faulkner and Southern Womanhood*，1994）探讨了受到南方传统性别文化影响的

---

① 会议论文包括约瑟夫·布劳特纳（Joseph Blotner）的《福克纳与大众文化》（"Faulkner and Popular Culture"）、托马斯·英奇（M. Thomas Inge）的《福克纳式的民间传说：大众小说，成人笑话和谎言》（"Faulknerian Folklore: Public Fictions, Private Jokes and Outright Lies"）、路易·巴德（Louis J. Budd）的《与威廉·福克纳捉迷藏：公众的民间艺术家》（"Playing Hide and Seek with William Faulkner: The Publicly Private Artist"）、乔治·加勒特（George Garrett）的《"拿支票给他，他问到这是合法的吗"：威廉·福克纳从大众文化中的得到的和给予我们的》（"'When I Showed Him the Check, He Saked if It Was Legal': What William Faulkner Got and Gave Us from Pop Culture"）。

福克纳在塑造女性形象时无意识流露出来的焦虑和矛盾因素;黛博拉·克拉克(Deborah Clarke)在专著《掠夺母亲:福克纳作品中的女性》(*Robbing the Mother: Women in Faulkner*,1994)中借助女性主义理论概念剖析了福克纳作品中的女性形象塑造和作家本人的性别观念。同时,福克纳与大众文化、福克纳与意识形态的关系、文化语境中的福克纳成为新的研究课题。比如,1992 年召开了以“福克纳与意识形态”为主题的国际研讨会,会议论文集于 1995 年由密西西比大学出版社出版,收录了 9 篇论文;福克纳的短篇小说、福克纳与其他艺术家的关系、福克纳在美国文坛的影响都被纳入了考察范围,这些从 20 世纪 90 年代的福克纳年会可以看出。①此外,关于福克纳的工具书也有出版,如罗伯特·韦恩·韩布林与查尔斯·匹克(Charles A. Peek)合作编写的《威廉·福克纳百科全书》(*A William Faulkner Encyclopedia* ,1999),这对于研究福克纳的学者来说大有裨益。

自 21 世纪以来,福克纳研究出现了很多令人瞩目的新变化,这主要得益于社会发展和文学批评视角的变化。首先,福克纳作品中的自然环境书写成为研究热点,比如《福克纳与美国南方的生态》(*Faulkner and the Ecology of the South*)在 2003 年出版。其次,福克纳对南方文学乃至美国文学的深远影响也是一个重要的课题。2002 年,福克纳研究会将年会的主题设置为“福克纳与其同时代人”(“Faulkner and His Contempories”),会议论文集《福克纳与其同时代人》(*Faulkner and His Contempories*)于 2004 年由密西西比大学出版社出版。而 2005 年的主题有点类似,为“福克纳的遗产”(“Faulkner's Inheritance”),讨论福克纳对于当代南方作家及美国作家的影响,同名会议论文集于 2007 年由密西西比大学出版社出版。这些研究不但揭示了福克纳在整个美国文学研究领域的重要地位,同时也表明了福克纳参与塑造了南方文学创

---

① 20 世纪 90 年代福克纳年会的主题有“福克纳与短篇小说”(“Faulkner and the Short Story”, 1990)、“福克纳与心理学”(“Faulkner and Psychology”, 1991)、“福克纳与意识形态”(“Faulkner and Ideology”, 1992)、“福克纳与艺术家”(“Faulkner and the Artist”, 1993)、“福克纳与性别”(“Faulkner and Gender”, 1994)、“文化语境中的福克纳”(“Faulkner in Cultural Context”, 1995)、“福克纳与自然界”(“Faulkner and the Natural World”, 1996)、“福克纳 100 周年诞辰:展望与回顾”(“Faulkner at 100: Retrospect and Prospect”, 1997)、“福克纳在美国”(“Faulkner in America”, 1998)、“福克纳与后现代主义”(“Faulkner and Postmodernism”, 1999)。

作传统。最后，一些新的理论视角也被应用到福克纳研究中，这一点可以从福克纳年会主题设置中看出，如“21 世纪的福克纳”（“Faulkner in the 21st Century”，2000）、“福克纳与战争”（“Faulkner and War”，2001）、“福克纳与物质文化”（“Faulkner and Material Culture”，2004）、“全球视野下的福克纳：福克纳与约克纳帕塔法”（“Global Faulkner: Faulkner and Yoknapatawpha”，2006）、“福克纳的性：福克纳与约克纳帕塔法”（“Faulkner's Sexualities: Faulkner and Yoknapatawpha”，2007）、“福克纳：回归文本”（“Faulkner: The Returns of the Text”，2008）、“福克纳与神话”（“Faulkner and Mystery”，2009）、“福克纳与电影”（“Faulkner and Film”，2010）等。

自 2010 年以来，空间批评、媒介批评、生态批评等新的理论话语的兴起使福克纳文化批评呈现出新的面貌。在 2015 年出版的《媒介生态中的威廉·福克纳》（*William Faulkner in the Media Ecology*）中，多位研究者研究了福克纳作品中各种媒介形式的审美内涵，透视福克纳与媒介文化的关系；在 2011 年“福克纳的地理”（“Faulkner's Geographies”）国际年会中，空间地理、地方依恋等相关话语被应用于福克纳作品研究，大大拓展了福克纳作品的研究视野。2010 年以来的福克纳年会主题的设置也表明福克纳研究的视角、路径、范式都越来越丰富，如“福克纳之后五十年”（“Fifty Years After Faulkner”，2012）、“福克纳与美洲黑人文学”（“Faulkner and the Black Literatures in Americas”，2013）、“福克纳与历史”（“Faulkner and History”，2014）、“福克纳与印刷文化”（“Faulkner and Print Culture”，2015）、“福克纳与南方土著”（“Faulkner and Native South”，2016）、“福克纳与金钱”（“Faulkner and Money”，2017）、“福克纳与奴隶制”（“Faulkner and Slavery”，2018）、“福克纳的家人”（“Faulkner's Families”，2019）、“福克纳的现代主义”（“Faulkner's Modernisms”，2020）等。这些研究大大丰富了福克纳研究成果，呈现了近十年来福克纳研究的最新方向。

值得关注的是，文化批评的多维度纵深发展加深了学界对于福克纳传统历史语境的理解，“福克纳与各种语境之间的复杂关系得到了前所未有的观照”（韩启群，2015：164）。安妮特·特夫泽（Annette Trefzer）和安·J. 阿巴迪（Ann J. Abadie）在《福克纳与形式主义：回归文本》(*Faulkner and Formalism*:*Returns of the Text*,2012)中重点评价了21世纪以来福克纳批评者对于福克纳创作中历史和文化语境所"扮演的重要角色"的关注。在她们看来,福克纳研究者在批评实践中受到了"外在的意识形态系统的力量的挑战",其回归文本的努力"并不是忽视文化语境,而是将文学文本看成语境的反映和再现,无论是历史的、经济的,还是政治的、社会的"(Trefzer & Abadie, 2012:XI)。从2014年福克纳年会的讨论议题"福克纳与历史"可以看出,福克纳创作的历史语境研究更宏观、更深入。无论是现代科技发展等全球化语境,还是杰斐逊、密西西比等地域历史语境,都被纳入历史语境研究的考察范围。正如约翰·T. 马修斯(John T. Matthews)在《语境中的威廉·福克纳》(*William Faulkner in Context*, 2015)的导论中所言,历史语境的研究在于"不但可以帮助理解作家作品的文化内涵、历史语境的想象性再现,也可以帮助读者加深对于历史语境本身的理解"(Matthews, 2015:1)。由此可见,深入考察作家所处的历史语境,思考作家如何以自己独特的方式再现南方社会的重大变革,对于研究作家的创作如何受到经济、性别、种族等社会变革的影响有着重要的意义和价值。

第二节 国内研究述评

作为美国南方作家的杰出代表,福克纳对我国作家的创作产生了巨大影响,是我国外国文学评论界多年来重要的研究对象。福克纳及其作品被介绍到中国以后,国内英美文学研究者开展了深入细致的研究,取得了一系列成果。

根据陶洁和李文俊的考证,福克纳首次被介绍到中国是在20世纪30年代。1934年,中国编辑出版家、作家、翻译家赵家璧先生翻译了英国评论家密尔顿·华尔德曼(Milton Waldman)的论文《近代美国小说之趋势》。此文在由施蛰存先生担任主编的《现代》杂志的第五卷第一期上发表。这篇论文首次提到福克纳的名字,只不过在当时译作"福尔克奈"(陶洁,2012;李文俊,2003)。在此之后,赵家璧先生又在介绍美国小说的一部专著里专门辟出一章介绍福克纳,《现代》杂志又刊发了福克纳的一篇小说《伊莱》(*Elly*)。至此,关于福克纳本人及其作品的评介就鲜有地出现在国内文献中。在20世纪50年代,出于政治运动的需要,《译文》杂志选择出版了福克纳的短篇小说《胜利》(*Victory*)和《拖死狗》(*Death Drag*)。“文化大革命”开始后,福克纳被划归为“资产阶级作家”,和福克纳相关的研究在这一时期陷于停顿。

“文化大革命”结束后,对福克纳作品的译介迎来新的发展时期,福克纳更多的作品得以与中国读者和研究者见面。1979年年底,由上海译文出版社创办的文学期刊《外国文艺》不但发表了3篇福克纳短篇小说,即《献给爱米丽的一朵玫瑰花》(*A Rose for Emily*)、《干旱的九月》(*Dry September*)和《烧马棚》,还刊登了美国福克纳研究学者马尔科姆·考利(Malcolm Cowley)撰写的《福克纳:约克纳帕塔法的故事》(*The Portable Faulkner*:*The Saya of Yoknapatawpha Country*)。经过李文俊、陶洁等许多学者的不懈努力,20世纪80年代以来福克纳研究取得了引人瞩目的成就,令国外同行刮目相看。第一本李文俊选编的研究福克纳的专著《福克纳评论集》于1980年与读者见面。上海译文出版社在1984年出版了李文俊先生翻译的《喧哗与骚动》,为国内学者研究福克纳提供了译本。中国文联出版社于1985年出版了《福克纳中短篇小说选》。另外,一些杂志选登了福克纳的一些短篇小说,如《干旱的九月》和《花斑马》(*Spotted Horse*)等。比较重要的是,1988年《世界文学》5月号刊登了李文俊翻译的《我弥留之际》。除此之外,这一时期大约有40篇有关福克纳的学术文章在各种杂志上发表。

福克纳研究从1992年开始进入繁荣期,并不断升温,1997年出现高潮。福克纳的经典作品陆续出版,大大增加了国内学者的研究对象。1990年出版了李文俊翻译的《我弥留之际》(漓江出版社)和《熊》(*The Bear*)(上海译文出版社)、陶洁选编的《福克纳作品精粹》(河北教育出版社);1996年出版了李文俊翻译的《去吧,摩西》(*Go Down*, *Moses*)(上海译文出版社);1997年出版了陶洁翻译的《圣殿》(上海译文出版社);1998年出版了蓝仁哲先生翻译的《八月之光》(*Light in August*)(百花文艺出版社);1999年出版了王颖、杨青翻译的《掠夺者》(上海译文出版社)。除了作品被译为中文外,关于福克纳的传记和研究专著也开始出版,先后出版了李文俊的《福克纳评传》(浙江文艺出版社,

1999)和肖明翰的《大家族的没落:福克纳和巴金家庭小说比较研究》(广西师范大学出版社,1994)、《威廉·福克纳研究》(外语教学与研究出版社,1997)、《威廉·福克纳——骚动的灵魂》(四川人民出版社,1999)等。其中《威廉·福克纳研究》是国内第一部全面系统地深入研究福克纳的专著。总之,在20世纪90年代,出版了1本福克纳传记、3本福克纳研究专著、5部福克纳长篇小说和1部福克纳作品选读。此外,大约70位学者的100多篇研究论文在杂志上发表,其数量之多、范围之广,达到前所未有的盛况。

20世纪90年代,国内对于福克纳作品的研究大概可以归为对比、经典作品、语言结构、女性主义、叙事策略、福克纳与南方文化的关系等多切入点的研究。对比研究主要集中在对福克纳与沈从文、福克纳与巴金、福克纳与莫言等所创作小说的对比。

钟仕伦研究了福克纳和沈从文的成长经历后得出结论:"以表现故乡本土文化精神而取得辉煌艺术成就的文学现象,实际上反映出地域审美观在文学创作中的重要作用。"(钟仕伦,1991:48)福克纳与沈从文的共同之处还有他们作品对人物在历史洪流中的变化的描写。对人的命运的关注和思索贯穿沈从文和福克纳创作的始终。二者都称呼自己为"乡下人",沈从文笔下的"城里人"和福克纳笔下的"斯诺普斯们"都丧失了人的本质,为物欲所征服;他们用一种清醒的双重批判的眼光来审视"乡下人"和"萨托里斯们",这使他们对变革时代中人的命运的考察显得更丰富、更深刻。沈从文与福克纳的价值就在于"创造出人类所需求的共同文化财富"(赵学勇、卢建红,1991:130-137)。沈从文的"湘西神话"、约克纳帕塔法世系小说缔造的"福克纳神话"自始至终都存在两种文明和两种文化的冲突,即乡村与城市、现代与传统。(陈继会,1996)这已不再是简单的故事冲突,而是全人类应该面对的问题。

除了沈从文外,巴金也是常被比较文学研究者拿来与福克纳做对比研究的作家之一。肖明翰研究了福克纳家庭小说与巴金家庭小说。有着不同文化背景和创作经历的两位伟大作家看似不具有比较的基础,但肖明翰从他们各自创作的家庭小说为切入点,比较二者关于大家族没落的小说,具体涵盖的文本包括福克纳的《喧哗与骚动》、《萨托里斯》、《押沙龙，押沙龙！》（*Absalom, Absalom!*）、《去吧，摩西》和巴金的《家》《春》《秋》《憩园》。肖明翰认为，福克纳和巴金的创作都根植于各自的家庭文化传统之中，二者都将自身的经历和家庭背景融入小说之中，其作品选取的家庭较为相似：福克纳描写的是美国南方名门望族的没落，而巴金描写的则是中国封建官僚大家庭的腐败瓦解。另外，二者在人物塑造方面也存在诸多相似之处。（肖明翰，1992）朱徽和肖启明对肖明翰的研究成果给予了高度评价。（朱徽，1996；肖启明，1996）

莫言的文学创作也受到福克纳影响，莫言曾说过从福克纳那里学到了“把握世界的方式”。福克纳和莫言的文学作品也存在几多相似之处。二者的作品都透漏出强烈的乡土观念和人道主义精神。神话叙事、悲剧精神及多角度叙事则是二者作品的共同特征。（胡小林、刘伟，1990）

除了将福克纳与中国的作家进行比较之外，也有学者将福克纳作品与中国古典小说进行对比分析研究。王瑜砚探讨了福克纳经典代表作《喧哗与骚动》与《红楼梦》中的挽歌式悲剧精神。他认为，“中国的悲剧意味大多从世事的无常、历史的兴亡中渗透出来……西方悲剧中同样弥漫着对岁月无情的呼告、对旧日理想的眷恋、对未来的不信任”（王瑜砚，1996：66）。在他看来，《红楼梦》俨然是一部家族和个人发展的悲剧，故事中的贵族一步步走向衰败，主人公之一贾宝玉也看破儒家仕途经济的方方面面，现实与理想的碰撞让他意识到生命的虚无和孤寂；而《喧哗与骚动》描绘了一个充满热情、悲惨与毁灭的美国南方世界。日益损毁的种植园和精神消沉的种植园主后代透漏着历史的悲怆。两部小说的主人公都具有贵族的特性，耽缅于自己的世界，扮演了守护没落的角色，而在现实面前一筹莫展、束手无策，他们的存在对现实毫无意义。这或许就是他们的悲剧所在。

纵观 20 世纪 90 年代的国内福克纳研究，受译介影响，研究焦点主要在少数几个有中文译本的经典作品上。这些作品包括长篇小说《喧哗与骚动》《押沙龙，押沙龙！》《圣殿》《去吧，摩西》《我弥留之际》《八月之光》，以及短篇小说《献给爱米丽的一朵玫瑰花》[①]、《熊》、《夕阳》(*That Evening Sun*)、《老人》(*Old Man*)。在这些作品研究中，最为瞩目的依然是《喧哗与骚动》，相关研究论文数量最多，1990—1999 年发表的“期刊网”上可查的论文有 84 篇之多，呈现出多视角、多维度的研究趋势。刘洊波(1999a)运用神话原型理论探讨了该小说中康普生家族的神话原型。小说中四个作为标题的日期分别对应复活节前夕、基督圣体节的第八天、基督受难日和基督复活节，都与基督受难有关。在刘洊波看来，康普生家族三兄弟的事件与基督的事件之间存在着一定的对应和平行，这似乎是他们悲剧的根源。小说中昆丁与凯蒂的故事与《圣经》中亚当与夏娃的故事有些相似。这些神话原型的运用强化了小说的反讽意味。刘道泉(1998)的基督教视角与此基本吻合。福克纳在创作手法上受到乔伊斯的影响，小说故事叙述中存在意识流方式。于洪英(1998)认为《喧哗与骚动》是一篇长篇意识流小说，通过康普生家族三兄弟的意识流动，来展示他们各种各样的内心世界，自然、真实地揭示了贵族庄园主康普生一家以其女儿凯蒂堕落为标志的衰败过程。她认为福克纳在小说叙事方面采用多层次结构为整个意识流艺术的创新和发展做出了杰出贡献。刘波[②](1998)分析了《喧哗与骚动》的复调结构。他认为福克纳用班吉、昆丁和杰生的不同声音共同讲述了一个故事。这三个声音各自独立而不相互融合，互相平等，没有一个权威的、占优势地位的声音，但具有共同价值。读者需要凭借作者提供的几个视角把握故事的脉络。此外，小说中的复合式的叙事结构模式也引起了研究者的注意。赖骞宇(1998)认为该小说的复合式叙事结构由三部分组成，即内聚焦式叙事结构模式(前三部分)、全聚焦式叙事结构模式(第四部分和附录)和对位式叙事结构模式(隐含在作品中)。复合式叙事结构模式多视角推进故事发展，展现故事情节的不同维度，给读者以全方位的感受。《喧哗与骚动》正是借助不同结构模式的对立、交错与互补，传达自己对于世界的独特领悟。从叙事角度进行研究的还有叶青(1998)、隋桂岚(1998)、刘登东(1997)、李庆华(1996)、高

---

① 杨岂深的译本将 Emily 译为“爱米丽”，也有译者译为“爱米莉”“艾米丽”等，而本书在涉及该短篇小说时，均采用的是杨岂深的译法，特注。

② 应为刘洊波。

奋(1993)、扈娟(1992)、孔耕蕻(1991)、叶宪(1990)等。周杰(1997)和刘晨锋(1991)研究了《喧哗与骚动》的时间观。此外,还有人物视角(孙志刚,1999;刘洊波,1999b)、女性视角(梁呐,1998;任文,1998)等。

20世纪90年代,《押沙龙,押沙龙!》开始为国内读者和研究者所关注,也有一批研究成果。比较有代表性的当属肖明翰的研究。肖明翰(1991)在《〈押沙龙,押沙龙!〉中的哥特手法》一文中从地点背景、人物性格、情节事件、主题发展等方面讨论了该小说中的哥特式成分及其作用,指出小说的时间叙事顺序没有按照传统哥特式小说的要求安排,而是打乱顺序按照空间结构设计,这是福克纳超越了哥特式传统的地方。在另一篇文章中,肖明翰(1997b)指出该小说与福克纳其他作品的不同之处,并从小说本身的角度分析了《押沙龙,押沙龙!》,指出了该小说具有元小说的多元性特点。此外,肖明翰还分析了《押沙龙,押沙龙!》的不可确定性。他运用巴赫金(Bakhtin)的对话理论,深入分析了小说中洛莎、康普生先生、昆丁和史立夫四位叙述者对萨德本家族史的不同理解和他们各自的叙述中的内在矛盾,"从而揭示了这部小说不可能确定于一个终极意义的复调性质"(肖明翰,1997b:82)。不同学者基于不同视角解读《押沙龙,押沙龙!》。赵培玲(1999)通过萨特的存在主义研究小说主人公托马斯·萨德本由穷变富,又走向衰亡的悲剧历程及造成托马斯悲剧的原因。她认为托马斯的失败并不是他个人的失败,也不是因为附在福克纳人物身上的"邪恶的咒符",而是因为附在整个人类身上的"邪恶的咒符"。从更大意义上说,这个失败并不只是美国南方人的失败,而是整个人类的失败。蒋花和柴改英(1998)从神话原型的角度探讨《押沙龙,押沙龙!》的种族主义主题及与这一主题直接或间接相关的问题:家族的没落,旧南方的崩溃,奴隶制,异化感,文化传统和家族历史对青年一代的毁灭性影响。蒋道超(1997)则探讨了该小说的人生哲学。

相对于《喧哗与骚动》和《押沙龙,押沙龙!》,对于《圣殿》的研究则显得不够充分,研究成果偏少。李汉之算是早期的研究者之一。李汉之(1991)指出从字词到结构广泛地运用蒙太奇手法是福克纳作品的重要特点之一。福克纳在《圣殿》中使用较多蒙太奇手法,令读者感觉印象不清晰,而实际上小说中的人物与情节是相互对应、相互弥补、相辅而立、相佐而行的。肖明翰(1999a)采用二元对立方法分析了该小说中的善与恶,认为其讽刺了美国南方社会和西方世界。陶洁(1996)指出人们对故事女主角谭波儿的看法发生了变化,由以前认为她是一个道德沦丧的放荡女人转变为认为她是传统道德体系的受害者。

《去吧,摩西》在1996年才有中译本,或许是因为国内学者还没有关注到这部作品,对它的研究更是凤毛麟角。何跃敏(1997)分别从主题、形式与风格分析了《去吧,摩西》,为后续研究做了铺垫。石坚和张彦炜(1997)将麦卡斯林家族看作美国南方社会的缩影,分析了福克纳如何通过一些幽默和喜剧的描述来展现混血黑人如何向他们的白种亲属发出挑战,以期捍卫自己的权利、荣誉和尊严。由于《去吧,摩西》的特殊体例,有学者将《熊》这一部分专门辟出进行研究,后面将对此进行论述。

令人感到奇怪的是,虽然《我弥留之际》在1990年就已有中译本,但直到1999年关于它的研究论文仍然很少。叙事手法一直是文学研究的对象之一。詹树魁(1999)分析了该小说的叙事手法,认为该小说在延续意识流的叙事方式的同时,采用了同心圆式的叙述结构,通过先知式的叙事者和意象的象征功能,以错位、重叠和中断的心理叙事时间,揭示了人类在苦熬中的内心世界。此外,许志强(1999)还对该小说做了一个评注。

《八月之光》也是福克纳极具代表性的作品之一,其中译本在20世纪90年代末才出版,因此研究成果较少。章启平(1997)运用接受文学理论对该小说的反结构成分进行了研究。苏煜(1991)认为小说的关键人物乔·克里斯默斯的悲剧在很大程度上代表了美国南方社会的悲剧,表现了一个旧社会秩序和道德观念的没落,表达了福克纳对美国南方社会问题的关切。

除了长篇小说外,福克纳的短篇小说也一直是研究的重点。而在他的短篇小说中,《献给爱米丽的一朵玫瑰花》堪称经典,短小精悍,主题发人深省。国内学者对它的关注也超乎寻常,从不同视角进行解读,包括人物深层意蕴、主题分析、社会学批评、叙事技巧等。赖骞宇分析了爱米丽成为传统与现代牺牲品的悲剧根源,以及作品中表现出来的对于传统既眷顾又排斥的矛盾心理。他认为小说“探讨了南方妇女在传统、历史、集体无意识心理与自然人性的多重压力下的困境，而且反映了南方子弟普遍存在的心灵混乱状态”（赖骞宇，1999：123）。邵锦娣（1995）和孔庆华（1995）从叙事结构角度对小说做了评析，突出了小说的哥特式叙事特点。悲剧情节也是学者们研究的切入点。于冬云（1996）认为爱米丽的个性心理和美国南方文化的悲剧性导致了爱米丽的人生悲剧，那朵玫瑰花包含着爱米丽心中的悲剧情节。刘爱英（1998）提出从社会学批评角度分析爱米丽的悲剧根源。她认为，爱米丽之所以有着悲剧的人生和结局，是因为她没有完整的社会化过程，缺乏完整的外部环境，爱米丽的悲剧就是人类自身的悲剧。

在1997年年底举办的纪念福克纳100周年诞辰的国际研讨会上，中国的福克纳研究热度达到顶点，中国学者纷纷发表论文纪念福克纳100周年诞辰，1997年成为20世纪90年代发表福氏研究论文最多的一年。

2000年后，国内有关福克纳研究方兴未艾，专著、论文不断问世。2004年5月，北京大学和四川外语学院（2013年更名为四川外国语大学）联合在四川外语学院召开了第三届福克纳国际学术研讨会。受此会议推动，2004年之后国内福克纳研究有升温趋势，数部专著相继问世，如中信出版社2007年出版的《福克纳传》、上海译文出版社2008年出版的《福克纳随笔》《福克纳的神话》。传记、随笔的出版为国内的福克纳研究提供了第一手宝贵资料。

21世纪前二十年的福克纳研究，尤其是最近十年的研究，成果丰硕，令人目不暇接。仔细观察，不难发现这些研究呈现出以下特点。

首先，研究队伍越来越壮大。20世纪90年代的研究人员以高等学校文学研究方面的教师为主，且人数不是很多。而进入21世纪以后，随着我国高等教育的迅猛发展，本科教育和研究生教育规模扩大。具有英语语言文学等与英语相关的二级学科硕士学位授予权的高校在增加，研究生数量在增加；高校的英语教学的师资队伍也空前壮大，文学研究者尤其是美国文学研究者的数量也在增加。除英语专业的教师和研究生外，比较文学专业和中文专业的外国文学方向的研究者也是福克纳研究队伍的一部分，他们的研究也是福克纳研究的主要组成部分。

其次，研究的深度和广度进一步提升，尤其是对福克纳的经典作品的研究。发表在各类学术刊物上的研究成果有 2 264 篇（源自“期刊网”2010—2020 年数据），其中发表在各类核心期刊的成果有 353 篇（源自“期刊网”2010—2020 年数据）。就长篇小说而言，除《喧哗与骚动》以外，《押沙龙，押沙龙！》《八月之光》《我弥留之际》等福克纳其他作品的研究成果较 20 世纪 90 年代大幅增加，数量之大、视角之广都超越了以往任何时期的研究。近十年来出现在各类学术刊物上关于《喧哗与骚动》的研究成果有 384 篇，其中核心期刊 51 篇。《押沙龙，押沙龙！》分别是 82 篇和 21 篇，《八月之光》分别是 149 篇和 11 篇，《我弥留之际》分别是 71 篇和 6 篇。之前鲜有人研究的“斯诺普斯三部曲”《村子》、《城镇》（*The Town*）、《大宅》（*The Mansion*）也逐渐进入人们的研究视野，以“斯诺普斯三部曲”为整体研究对象的成果分别有 20 篇和 4 篇。以其中某一部作品为研究对象的成果不多，《村子》分别是 6 篇和 1 篇，《城镇》分别是 5 篇和 2 篇，《大宅》分别是 5 篇和 2 篇。就短篇小说而言，除《献给爱米丽的一朵玫瑰花》之外，对《熊》和《干旱的九月》的研究也呈现较高的热度，研究有了新的突破。除了传统的叙事学研究视角和以宗教、种族主义、女性主义为主的文化研究、对比研究外，还出现了新历史主义、消费文化、空间批评、地理景观、环境主义、精神分析、对话理论、后现代主义、后结构主义、生态批评、新物质主义批评等研究视角。从比较文学角度看，有作家间的比较，有作品、创作主题及作品中人物的比较。

再次，除了早期经典作品外，福克纳的部分后期作品开始进入研究者的视野，与之相关的研究成果连续发表。20 世纪 90 年代，囿于作品译介和研究资料，相关研究仅仅局限于少有的几部作品，且以《喧哗与骚动》《献给爱米丽的一朵玫瑰花》为主。进入 21 世纪以来，福克纳作品的译介取得新的突破，他在不同时期的主要作品有了中译本，为研究者提供了便利。2000 年《押沙龙，押沙龙！》由上海译文出版社出版，2001 年《福克纳短篇小说集》由译林出版社出版，2001 年《村子》由百花文艺出版社出版，2009 年《野棕榈》（*The Wild Palms*）由上海译文出版社出版。随着教育投入的增加和多媒体网络技术的应用，研究者可以接触更多的可利用的研究资源，各种中外文文献数据库进入高校图书馆，使更多地获取国外研究资料成为可能，这些都在客观上推动了文学研究。因此，针对福克纳的后期作品，如“斯诺普斯三部曲”、《野棕榈》、《寓言》（*A Fable*）等的研究成果也陆续见诸相关学术刊物。

从近十年的研究文献来看，叙事学仍是《喧哗与骚动》的主要研究视角之一。沈国富（2008）探讨了意识流手法在这部小说中的运用，认为福克纳将弗洛伊德的现代心理学理论和柏格森的“心理时间”学说成功地运用于小说创作之中。福克纳运用意识流手法深刻地揭示了南方一个庄园主家族的衰败过程。当然也有学者从叙事学角度找到新切入点开展研究。有学者发掘了这部小说里的视觉化与空间化叙事。（周厚娟、刘立辉，2011）在周后娟等看来，该小说打破传统叙事顺序，运用四个故事讲述同一件事，这种立体主义叙事手法显然超越了传统叙事方式，搭建了一个立体空间。这些说明了福克纳小说叙述的空间美学追求。类似的还有赵桂英和冯彦（2012）的研究。刘洊波（2009）则从语言修辞的角度，通过分析“火”“镜子”“影子”等名词在小说中的反复出现，考察了词汇重复在凸显小说主题方面的作用。在这一时期有些学者将新的文学批评理论运用到福克纳作品分析之中，如：这部小说是否存在后现代主义特征？黎明和江智利（2011）从主人公的不确定性、情节的不确定性、语言的不确定性、主题的不确定性四个方面论证了《喧哗与骚动》的后现代主义特征，给人耳目一新的感觉。饶晓红（2009）则从后结构主义视角分析了小说中班吉的形象。宗教传统及《喧哗与骚动》与宗教的关系也一直是学者们争论的话题。田平和洪增流将小说人物班吉的形象抽象化来分析作品主题，进而“阐明福克纳重塑现代基督，实现对人类灵魂救赎的现代宗教观”（田平、洪增流，2008：108）。钱中丽（2010）对小说中的圣经传统进行了研究，郭海平、李漫萍（2010）对小说中的基督教伦理进行了研究。经典作品是经得住时间的考验和多种批评视角审视的。王海燕（2016a）从文化地理学的视角考察了小说的叙事空间。作品中展现的伦理混乱、伦理困境及伦理建构也成为王娜（2020）的研究对象。

在福克纳所有的作品中，《八月之光》的研究成果数量仅次于《喧哗与骚动》。福克纳研究专家蓝仁哲翻译的《八月之光》为国内研究这部晦涩的著作提供了便利。小说中的混血儿形象背后的种族观内涵、复调叙事都是我国学界关注的重点，如张莉（2008）研究了小说中的“滴答滴”式叙事律动。2000年以来，经济的发展与环境保护之间的矛盾促使人们关注自然生态，国家和民众对于生态的关注反映在文学研究中则演变成生态主义文学批评在文学研究中的逐渐盛行。从生态主义角度审视《八月之光》，它也是一部生态主义文学作品，描绘了一幅自然生态、社会生态、精神生态失衡的画卷。黎明（2009）运用后现代主义理论分析了《八月之光》的人物和语言以解读福克纳的创作审美特征。种族和宗教一直是分析福克纳作品的一组“利器”。王立新和王钢透过记忆分析乔的身份不确定性，阐述了美国三大文学主题之一，即“在对个体的本质及其归属的不确定感的基础上对身份的追寻”（王立新、王钢，2011：15）。此外，姚成贺（2010）分析了小说的时间观。冯姣（2016）分析了作品中的女性他者形象。

对福克纳另外两部经典代表作《押沙龙，押沙龙！》《我弥留之际》的研究也呈现升温趋势。其中比较有趣的是关于《我弥留之际》是否属于复调小说，庄琰与但汉松持相反意见。但汉松（2008）认为小说中这种对话性并不符合巴赫金的理论界定，也没有滋生积极有效的对话。他质疑了巴赫金理论在解读这部小说方面存在局限性，指出小说中的对话不是复调对话。而庄琰（2011）从主体性的建立与瓦解、对话性的外化与内隐、共时性的破碎与拼接及未完性的终结与开启四个方面对小说进行了阐释，认为小说与巴赫金的复调理论存在可对接性与流变之处。康毅（2012）从女权主义视角分析了小说女主人公艾迪与其他主人公的人性冲突，进而分析这个反传统的人物形象。凭借新的文学批评理论对《押沙龙，押沙龙！》进行研究在这一阶段也取得新的进展。依据新历史主义的观点分析这部小说，可以看到福克纳在此将南方历史小说化了，“消解了传统意义上文学与历史所谓的‘前景’与‘背景’的二元对立”（鲍忠明、辛彩娜，2011：83），使小说流露出较强的主观主义色彩。种族视角和女性主义视角下的《押沙龙，押沙龙！》展现出福克纳对美国历史上种族主义的痛恨、对美国白人与黑人种群关系的思考，也体现了美国南方传统对女性的压制及女性反抗传统力量的精神。（李常磊，2009；冯溢、颜晓川，2011）这也是文化研究范畴下的成果。当然也有学者从传统的叙事学和空间叙事视角研究这部小说。（代晓

丽,2010;王海燕,2016b)

福克纳短篇小说的研究依然围绕《献给爱米丽的一朵玫瑰花》,不过有了新的研究视角。张付花(2012)从后现代主义视角出发,认为其存在叙事角度的任意性和小说主题、人物性格的不确定性及多元性。赵嘉鸿(2010)运用空间理论探索小说的空间叙事,分析了爱米丽所居木屋形象对于主题的重要性。杨依柳、李增(2019)运用原质理论分析了福克纳对爱米丽的虚无呈现,从而揭示了人的异化。

国内学者对福克纳后期作品的研究在20世纪寥寥无几。2000年之后,福克纳的后期作品开始进入国内学者的研究视野,相关研究成果陆续发表,新的批评话语和批评视角也已得到运用。"斯诺普斯三部曲"进入国内学者视野。韩启群(2012,2016,2017,2019)、云天英(2015)等学者借助物质文化、女性主义和后现代叙事理论研究了三部曲中的人物塑造、背景意象和叙事策略的主题意蕴。"斯诺普斯三部曲"中的《村子》受到关注最多,相关研究成果自2000年以来陆续出现在国内学术刊物上,不仅有传统叙事学视角下小说叙事技巧的研究(方敏慧,2008),也有从空间批评视角和消费文化角度对《村子》中展现的空间及商品消费进行的研究(张鲁宁、韩启群,2011;韩启群、杨金才,2010)。此外,还有部分研究将《村子》的故事情节与其创作年代相结合,分析小说中折射的南方文化冲突和社会矛盾,也拓展了该小说的批评视野。(汪伟峰,2004;徐丹,2006)

和《村子》的研究相比,国内的《城镇》《大宅》研究起步较晚。它们是研究南方文艺复兴作品的阶级主题的重要素材。在《美国"南方文艺复兴"——一个文学运动的阶级视角》一书中,美国南方文学研究学者李杨以福克纳"斯诺普斯三部曲"中斯诺普斯家族的贫穷白人为例,论述了这一群体作家在创作中带有阶级色彩的价值体系。李杨认为,以福克纳为代表的南方文艺复兴作家群体主要来自中上层阶级,其思想意识和价值观念均受到这一阶层背景的深刻濡染,因此在讲述他们视域中的南方故事时,"不可避免地选择了自己的意识形态立场,融入了他们对自己所来自、所代表的社会集团或群体的认同、亲近和共属感",因此也不可避免地"会弘扬本集团或群体的道德规范、行为准则、人生观、世界观"(李杨,2011:264-265),其中所流露出的对其他阶层的排斥和对立感揭示了这一群体作家创作的种族和阶级局限性。

如果说李杨是将“斯诺普斯三部曲”中的贫穷白人书写纳入整个南方文艺复兴创作传统加以考量的话，那么韩启群的专著《转型期变革的多维书写——福克纳斯诺普斯三部曲的物质文化批评》则是将“斯诺普斯三部曲”创作整体置于美国南方转型期历史语境下分析的重要成果。韩启群将三部曲中的物质细节书写与转型期的历史文化、地域空间、人物身份相结合，从三个相互关联的不同侧面逐渐深入地系统论证三部曲中物品书写的多重意义结构，透视“处于转型期历史语境的三部曲创作同所处时代社会、政治、文化和文学传统之间的复杂关系，反观福克纳在参与讨论和重构转型期社会核心价值观过程中展示的复杂思想观念和创作美学”（韩启群，2017：2）。该研究成果在研究方法上呼应福克纳研究中“微观细节”的趋势，从文本中的物品书写入手，借用“物质无意识”“物的社会生命”“物性”等物质文化批评视角的重要概念系统考察了“斯诺普斯三部曲”中关于转型期变革的多维书写，是我国首部运用物质文化视角开展经典重读的学术专著，为经典重读开辟了新的路径。除了李杨、韩启群等学者的研究成果外，谌晓明（2009）、曾军山（2012a，2012b，2012c）、张湄玲（2012）等学者也借用不同理论视角对三部曲展开细读和分析，不但丰富了福克纳研究的既有研究成果，也启发了我国学界关注福克纳后期作品的学术价值。

在福克纳所有的后期作品中，《寓言》受到的关注相对较少。相关成果多发表于非核心刊物，表明我国学界对该小说的研究仍不够深入。相比较而言，《野棕榈》的研究成果则较多。蓝仁哲（2006）考证了小说中音乐对位法的成功运用，分析了女主人公夏洛特爱情悲剧的原因。武月明（2009）在对小说结构进行分析的基础上探讨了小说隐喻的命运主题，阐明命运是福克纳小说创作的元命题。当然，有传统叙事视角和存在主义视角的研究（王冰营，2009；周娟娟，2011），也有诸如空间批评理论这样新理论的运用（张静，2012）。但是文化历史角度的研究并不多见。

福克纳在世界文学的重要地位也激发了文学研究者积极开展福克纳与其他国家作家的比较研究。李常磊（2019）对福克纳与莫言的生态伦理思想内涵做了对比研究。陈晓燕（2020）分析了《红高粱家族》

与《熊》在创作上的深刻关联。莫言借用福克纳叙事模式,摒弃成长小说范式,完成自己的祖先叙事。学习和借鉴福克纳小说创作给莫言带来了世界性视野,进一步拓宽了他的叙事天地。李琴和李东霞(2020)对比了福克纳与莫言对故乡的“回归”与“拓展”之变迁。靳丛林和姜文莉(2020)对福克纳与日本作家大江健三郎的互文性创作做了对比研究,深入挖掘他们作品中相似的叙事策略下潜藏的不同历史、文化与政治意蕴。

从上述福克纳主要作品的研究文献来看,大多数的研究成果是对单个作品或几个作品的解读,批评视角从传统的叙事学到空间批评、物质文化批评和生态批评,研究近乎全面细致。但是将福克纳的文学创作置于美国南方社会特定历史语境中进行全面考察研究的专著性成果并不多见。

第三节　研究框架与意义

文学和文化研究一般是从一定的理论视角对文学作品和文化现象进行探索。选定作家一部或几部作品作为研究对象进行相关主题的研究是常见的研究途径。文学研究也可以将作家创作的主要代表性作品作为整体进行研究。

随着文化批评的兴起,福克纳与创作语境的研究一直是批评界关注的重点。20 世纪 90 年代中期评论界在解读福克纳作品时开始强调作品创作的文化语境,认为离开作者生活的时代和作品创作文化语境阐释作品是徒劳的。正如安·古德温·琼斯(Anne Goodwyn Jones)所认为的,文化批评的任务是“追溯文学文本与其周围文化生活之间的联系,以探求艺术作品与其他文化要素一起产生意义的方式”(Jones,1997:42)。1995 年福克纳年会将主题定为“文化语境中的福克纳”,体现了评论界对于这一选题的格外重视。在解读福克纳文本所处的文化语境时,评论者把焦点放在福克纳文本创作所处的各种语境——历史、政治、经济、社会、意识形态、审美导向等各个方面。在《文化语境中的福克纳:福克纳与约克纳帕塔瓦法》(*Faulkner in Cultural Context:*

Faulkner and Yoknapatawpha, 1997）的导论中，唐纳德·M. 卡迪盖纳（Donald M. Kartiganer）特别强调了考察作家创作的历史语境的意义："无论是作者还是文学批评者，都无法摆脱语境对其影响。我们不得不承认语境的作用：任何创作出来的文本所处语境都是它所处时代和地方环境的产物，也是构建这一环境的一分子。在谈到福克纳'南方的物'时，往往会认为它涵盖了各种现实——战争和和平的物质性，贫穷和富有的物质性，以及种族和性别身份的物质性。这些从某种意义上说归根到底都是文化的，因为这些现实必须被置于某种完整生活方式的语境下才能被人们理解。所谓的生活方式就是信仰、恐惧、偏见、审美旨趣等构成的综合体，也就是构成某一社会文化语言的各种要素。"（Kartiganer, 1997：vii）

福克纳研究者对于福克纳创作的文化语境的特别关注表明福克纳的创作与他所处的历史时代存在诸多关联。目前，很多评论者将福克纳作品的人物特征表现与文化语境相结合，丰富了福克纳作品文化批评的研究成果，为本书奠定了重要的研究基础。本书拟将福克纳主要代表作品与所处时代的特定历史文化语境相联系，全面探究福克纳文学作品与其所处时代的关系。在具体研究中，本书将结合美国社会自内战结束至 20 世纪 60 年代发生的社会变迁，运用文化批评的相关理论和视角阐释福克纳不同时期的创作，重点分析福克纳在文学创作中对历史语境的照应，以及对自己的声音和态度的传达。

作为南方作家的杰出代表，福克纳在小说中运用高超的艺术手法再现了美国南方自内战结束至 20 世纪中叶所经历的急剧社会变迁。这一时期发生了两次世界大战，是美国社会城市化、工业化发展的成熟时期。福克纳在小说中既表现了南方在战后的凋零，也表现了城市工商业文明对南方农村和城镇的毁灭性影响。在一定程度上，福克纳小说体系俨然是南方社会的一部断代史。而福克纳以一种伤感的情绪表现了这种变革。文学评论界对福克纳作品中出现的人物进行了分析，也对小说中出现的家族进行了归类。福克纳小说很多是描写没落贵族的，也有很多是描写南方白人的，如埃伯·斯诺普斯等，这些人绝大部分没有较高的社会地位。福克纳通过描写乡村和城镇居民的感情生活，非常自然地再现了 20 世纪上半叶南方传统文明和价值观逐渐消失的过程。那么，福克纳究竟以怎样的独特方式来暗示南方特定时期的深刻变化呢？本书主要从四个方面具体讨论福克纳的创作与美国社会自内战结束至20世纪60年代的历史语境的关系。

本书主体部分主要由第二章、第三章、第四章、第五章组成。第二章全面分析福克纳文学创作的历史语境及其文学创作，重点描述、分析美国南方社会经历的社会变迁，梳理福克纳在不同时期进行的文学创作，在简略介绍作品的基础上分析福克纳不同时期的创作如何照应所对应历史语境的变化。第三章主要研究福克纳在文本中如何再现美国南方自内战结束至20世纪中叶的历史文化变迁，具体包括"农业文明的消逝与工业文明的兴起""消费文化的传播与传统道德观的沦丧""生态危机的凸显与对工商业文明的批判"三个方面。第四章以福克纳笔下的农村和城镇为例，分析福克纳作品中农村、城镇书写如何再现特定历史时期的社会阶层变革。第五章以爱米丽和加文两个人物形象为例，聚焦福克纳如何通过不同人物来再现历史语境变迁。

福克纳创作基本可以分为三个阶段，即1920—1929年的早期创作阶段、1929—1949年的鼎盛创作阶段和1949年后的后期创作阶段。本书篇幅有限，不可能穷尽式地研究福克纳所有的文学创作，因此第二章选择每一阶段较有代表性的作品进行评述，第三章、第四章、第五章也主要涉及这些代表作品。

本书是对福克纳主要作品与其所在特定历史语境之间关系的研究，在透过三个观察点探索二者关系的过程中并没有完全按照一种理论，而是从文化地理、社会、消费文化等多种视角对不同观察点运用不同理论进行论述研究。理论是人们观察和诠释事物的规矩，一种理论就是一种视角，多种理论视角的使用在表面上看起来有些凌乱，但其实质是在服务于一条主线，即福克纳在作品中如何将南方社会特定历史时期的众生相、文化的变迁及社会阶层的流动以文学的方式再现出来。福克纳所处时代本身就是一个不断发展、充满变革的时代，其间重大历史事件层出不穷，社会文化的蜕变也在进行。透过不同理论视角管窥创作于这种复杂历史时期的作品，有助于更全面地把握作品的主题和作者的创作意图。

本书的研究意义体现在三个方面。首先，将福克纳创作的主要作品置于南方社会文化变革的历史语境中作为整体进行考察研究，从作品中提炼出若干与历史语境相联系的研究主题，挖掘作品主题与创作历史语境的逻辑关系，从整体上把握福克纳文学创作的主题规律。其次，在研究方法上，本书采用多种批评理论话语而非一种理论视角，从不同角度探索福克纳作品的创作内涵，更全面地展现福克纳作品的创作美学。最后，作为一位中国学者对福克纳的研究，本书在一定程度上可以为福克纳本文化研究者提供异文化研究者视角，从异文化观照角度审视福克纳作品在他国的研究和接受。

第二章　美国南方历史语境与福克纳的创作

福克纳于 1897 年 9 月 25 日出生在美国密西西比州的新奥尔巴尼。19 世纪末是美国历史上极为关键的时期。在 19 世纪上半叶，美国还是一个地理上南北分裂的国家，南方经济总体落后于全国平均水平，很多人生活在贫困线以下。到了 19 世纪下半叶，南方奋起直追，开启了城市化、工业化快速发展进程。由此，传统的农耕文明向现代工商业文明急剧过渡，南方社会经历了巨大的挑战。受种族、历史、文化传统影响，南方社会新旧势力博弈贯穿始终。进步主义运动、黑人民权运动、女权运动等相继登场，多方社会力量不断博弈。

20 世纪上半叶，南方经济实力大幅提升，新南方向现代南方过渡。1908 年，福克纳生活的奥克斯福迎来了第一辆汽车，意味着该地区马车时代的终结。同年，黑人内尔斯巴顿因涉嫌谋杀白人而被捕，并被施以私刑挂在奥克斯福城镇广场的一棵树上。这事件不但在《圣殿》《坟墓的闯入者》中的汽车书写中得以再现，也在《八月之光》中的黑白混血儿乔和《干旱的九月》中的黑人威尔身上得到体现。20 世纪中叶，尤其是第二次世界大战之后，美国成为世界经济和政治中心，是工业化程度位居世界前列的资本主义国家，南方也被纳入全国经济发展的快车道。福克纳大部分作品创作于 20 世纪 20 年代至 60 年代，这是美国传统和现代社会生活与价值观念快速更迭的重要时期，也是充满冲突与矛盾的一段历史时期。

作家作为社会发展的洞察者，以其独特的方式记录着历史。福克纳在作品中也记录了自己对美国内战后进入现代社会特定历史文化变革期的思考。福克纳构建了自己的文学叙事体系，在文本中虚构了约克纳帕塔法县。福克纳将约克纳帕塔法县作为小说事件发生、发展的主要场所，讲述了19世纪下半叶至20世纪上半叶美国南方发生的社会变迁。福克纳的作品表达出强烈的历史感。他将历史的变迁和个体的命运联系在一起，描写了历史事件如何影响个体的生活，通过文学创作表达了自己对特定历史语境的思考。本章将具体论述自内战结束至20世纪60年代美国南方社会各个方面的变迁，以及其与福克纳不同时期文学创作的关联，以期为后面具体论述福克纳作品中特定历史语境的文本再现奠定基础。

第一节　美国南方历史语境概述

绝大多数福克纳传记家们都会提到福克纳的曾祖父威廉·克拉克·法克纳。这位被称为“老上校”的祖辈在福克纳出生八年前就去世，但因其励志而又传奇的人生经历对福克纳的创作产生了巨大影响。“老上校”履历丰富，参加过内战，做过生意，当过律师和房产商，还写过小说，在当地小镇有着很高的声望。虽然福克纳从未见过这位祖辈，但“老上校”却成为福克纳的约克纳帕塔法世系文学殿堂中众多人物的原型，最为典型的人物形象是在《坟墓里的旗帜》（*Flags in the Dust*，1973）、《没有被征服的》（*The Unvanquished*，1938）等作品中出现的约翰·萨托里斯上校。此外，福克纳笔下的托马斯·萨德本、卢修斯·昆图斯、卡罗瑟斯·麦卡斯林等人物身上也闪现着“老上校”的影子。

福克纳在五岁时随家人迁往密西西比州拉菲特（Lafayette）县的奥克斯福镇，在这座充满生活气息的南方小镇他度过了自由自在的童年时光。位于密西西比河三角洲东部的拉菲特县后来成为福克纳笔下约克纳帕塔法县的原型。童年时福克纳经常去父亲的马房玩耍，也喜欢和父亲一起去小镇附近的塔拉哈奇河谷狩猎，马匹和树林成为福克纳小说中的重要背景。20世纪早期的奥克斯福也是南方黑人聚居区的中心地带，各种与黑人相关的种族冲突事件引发了福克纳的思考，为其种族小说书写奠定了重要基础。1925年，福克纳在写完《士兵的报酬》之后，首次登上开往欧洲的轮船，开启了人生中的第一次跨国之旅。他先是途经意大利和瑞士，去巴黎和伦敦，不仅参观了欧洲的名胜古迹，还朝拜了奥斯卡·王尔德的坟墓和约瑟夫·康拉德所生活的肯特郡。1926年年底至1927年年初,在舍伍德·安德森(Sherwood Anderson)的建议下,福克纳开始专注于自己生活的密西西比州那片如邮票般大的土地。自此,约克纳帕塔法文学王国诞生。

福克纳所处的19世纪末和20世纪上半叶正是南方社会经济、政治、文化激烈变革的时期。首先是南方的经济现代化。在福克纳所处时代的美国南方,经济的支柱产业有种植业、棉纺织业、烟草业、矿藏业等。在南方工业化进程中,虽然棉花、玉米等传统农作物的种植得到延续,但经济制度从借贷制变革为租赁制。作为南方主要经济作物,棉花为南方提供了经济来源,棉纺织业成为南方的"民族工业";而作为南方人的主要食物来源,玉米在南方经济生活中具有重要地位。在福克纳生活的密西西比州,与玉米和棉花相关的"二C"生活几乎是乡村生活的概括,每年不但有全州举行的棉花采摘冠军大赛,还有体现互帮互助精神的玉米节习俗。①棉花意象在福克纳多部小说中出现,人物对话常常提及棉花,如《喧哗与骚动》里的杰生在对约伯发火时提道:"如果你不把那些中耕机装好,不让农民种好棉花,象鼻虫又吃什么呢?"(威廉·福克纳,2004b:247)棉花地、轧棉机等与棉花相关的物质书写经常被福克纳设置为小说的背景,如在《献给爱米丽的一朵玫瑰花》的开头,福克纳不露声色地将汽修厂和轧棉机比作"花园里的机器",描述它们侵入传统的杰斐逊镇,进而为塑造不合时宜、未能适应时代发展的南方没落贵族爱米丽铺垫了背景基调。除了棉花和玉米外,烟草也是南方的经济作物之一,是南方男性的日常消费品。不但福克纳本人有抽烟的习惯,其作品中的人物也经常拿着香烟。不同品质、类型的香烟常常成为小说中人物阶层关系、身份特征的隐喻。比如,在《坟墓里的旗帜》中,拜亚德吸的是象征其权力和地位的雪茄;而在《城镇》中,曾经一直甘愿处于支配地位的尤拉开始像男人一样吸烟,这在某种意义上表明了她的自我意识的觉醒。

南方腹地森林覆盖率较高,为南方的发展提供了得天独厚的自然

---

① "二C"指corn(玉米)和cotton(棉花)。密西西比州每年在棉花采摘季节举行比赛,由各个县选拔统一参加州比赛;玉米节是内战前就流行的南方农村习俗,指的是在南方人们集中到某一户人家帮忙剥玉米,并借此机会聚会狂欢。

资源，但随着农业文明的消逝、木材加工业的崛起，南方生态环境危机在福克纳时代更加突出。首先是土壤生态恶化。由于现代化集约耕作方式取代传统农耕方式，土壤生产负荷加重；长期种植棉花、烟草等单一作物，导致土壤肥力逐年下降；长期使用农药、化肥，加剧了土壤生态恶化。其次是森林资源开采过度。福克纳所在的南方地区临近阿巴拉契亚山脉，南部是德尔塔三角洲，森林和物种资源丰富。但是工业化进程加快导致木材需求增加，进而导致南方森林资源急剧减少，过度砍伐和狩猎给南方生态环境造成致命打击。20 世纪 20 年代，密西西比州的“伐木工人像蝗虫一样穿过树林，被剥蚀的田野中到处是他们砍伐后留下的树桩”（Doyle，2001：300）。最后是美国南部大草原植被遭到破坏。1870 年之后，美国政府制定多项法律，鼓励西进的农场主开发大平原，南部大平原进入无序大垦荒时代。第一次世界大战后，欧洲粮食市场短缺导致小麦价格飙升，很多农场主将草原毁掉后种植小麦，进一步破坏了南部草原植被，导致土壤表层裸露，导致 20 世纪 30 年代沙尘暴的发生。

自 20 世纪 20 年代以来，各种环境灾难在福克纳生活的南方接连发生，如象鼻虫侵害、野兔病暴发、黄热病流行、大洪水、大规模干旱、被剧烈侵蚀的土壤表面、数百万英亩森林的砍伐等（Cowdrey，1983：127－130）。最极端的后果就是沙尘暴和洪水暴发。1927 年，密西西比河下游发生洪灾，是美国建国以来最严重的一次洪灾，也是密西西比河历史上最大的一次洪灾，众多家庭在这次环境灾难中流离失所。1930 年春季和夏季，美国中西部、南部大平原遭遇百年不遇的干旱，“全都被标为庄稼枯萎、地下水供给降低、收入变化无常的重灾区”（余志森，2001：4）。1930 年，密西西比河水位降到了平均高度以下，甚至影响到驳船运行。最为严重的是始于 1931 年席卷得克萨斯州至内布拉斯加州整个地区的沙尘暴。这场灾难使得南部大草原进入“尘土飞扬的十年”（唐纳德·沃斯特，2003：1－14），不但数百万公顷良田被毁，而且大量人员和牲畜死亡，引发美国历史上最大的生态移民潮。美国作家约翰·斯坦贝克在《愤怒的葡萄》（*The Grapes of Wrath*）中呈现的正是在沙尘暴期间受经济、生态双重危机围困的民众被迫从美国大平原地区迁徙到加利福尼亚州的血泪史。

在这样一个生态危机凸显的历史语境中，南方文学文化界开始反思经济快速发展带来的种种社会问题，如生态环境恶化、贫富差距加大等。各种环境灾害的发生引发社会各界讨论如何保护环境、实现经济可持续发展。1935 年，美国国会通过《土壤保护法》，推行和实施了一系列自然资源保护政策，如鼓励农民在大平原农田里种植防护林。1937 年，南方六个州通过州立法支持水土保持局与民间环保组织开展合作，促进林业的可持续发展。此外，罗斯福政府还将环境保护和社会救济结合起来，利用州救济资金组织失业者开展植树造林和其他自然资源保护工作。1935 年，美国环保领袖奥尔多·利奥波德（Aldo Leopold）以“沙郡”木屋生活经历为素材撰写随笔《沙乡年鉴》（*A Sand Country Almanac*，1949），提出“土地道德”观点。此外，学者对于沙尘暴和生态学基本理论的研究都对这一时期的环境伦理产生了深远影响。虽然在 20 世纪 30 年代“摒弃人类中心主义”的呼声还不是很高，但人们已经开始探索人与自然和谐共生的路径。

虽然美国南方的环境破坏早在 20 世纪之前就存在，“大规模森林砍伐、土壤侵蚀和土地贫瘠并不是 20 世纪的新现象”，但是直到南方文艺复兴时期，“环境问题才成为南方作家的主要写作主题”（Reiger，2009：9）。换言之，1930—1950 年，以环境书写为题材或主题的小说日渐增多，而且在南方小说中逐渐占据重要地位。对于这一现象，南方生态学者克里斯托弗·瑞格（Christopher Rieger）认为主要原因在于环境危机所造成的灾难性后果及这一时期整个南方社会对于人类及其自然环境共生关系的充分认识（Rieger，2009：9）。例如，以罗伯特·佩恩·沃伦（Robert Penn Warren）、艾伦·泰特（Alan Tate）为代表的重农派作家在小说、诗歌创作中回应了所处时代的环境危机。在马克·玛尔维萨（Mark Malvasi）看来，南方重农派作家继承了南方保守传统，批判日益增长的利益驱使现象、野蛮无限制的经济竞争和对于获取物质财富的日益沉迷，批评财富控制权和所有权的分离，以及对大自然的破坏性掠夺（Malvasi，1997：2－3）。罗伯特·佩恩·沃伦在其获普利策奖的小说《国王的人马》（*All the King's Men*，1946）中，从中产阶级知识分子杰克·伯登的视角呈现了南方受工业文明影响环境萧条的自然景观。随着工商业文明的到来和深入发展，传统农业逐渐消逝，耕地被厂房代替，南方传统农业和生态环境遭到破坏。另一位重农派作家艾伦·泰特在《蒲柏先生及其他诗歌》（*Mr. Pope and Other Poems*, 1928）、《地中海及其他诗歌》（*The Mediterranean and Other Poems*, 1936）等诗集中以废旧景观意象隐喻恶化的南方生态。艾伦·泰特通过荒废的建筑、枯萎的树木等社会文化符号警示世人工业化给南方带来的环境灾难。艾伦·泰特深受T. S. 艾略特"荒原诗学"影响，通过消逝的南方农业景观表现了南方社会在现代化进程中精神迷失、迷惘的状态。

在20世纪三四十年代生态环境讨论日益激烈时，福克纳正在撰写《去吧，摩西》这部长篇小说。而这部小说则包括了福克纳著名的"荒野三部曲"（Wilderness Trilogy，又称"大森林三部曲"），即《古老的部族》（*The Old People*, 1942）、《熊》、《三角洲之秋》（*Delta Autumn*, 1942）。虽然福克纳在多部作品中提及了南方腹地森林的环境破坏，但是他的环境观却不同于保守的重农派，后者试图将美国带回维多利亚时代，重塑那时的社会价值和社会结构，希望在南方推行自给自足的小农经济社会（杨金才，2019）。福克纳非常喜爱打猎，常常和周围的南方人一样，带着帐篷，骑着马，深入三角洲扎营狩猎，在客观上和成批的砍伐队一起对森林原始生态造成了破坏。但是在福克纳看来，相对于打猎者对森林和环境的破坏，铁路才是森林最大的敌人，修建到三角洲里面的铁路给森林带来了灾难性的影响。火车把砍伐的原木运出来加工，木头变成了盖房子的圆木、桌椅、床凳或者枕木。这一点在福克纳的多部作品中有所体现。

充满悖论的是，铁路一方面对南方生态造成了致命的打击，另一方面却对南方的工业化起到了至关重要的作用。在福克纳生活的时代，南方铁路运输迎来黄金发展期，著名的迪克西铁路公司（Dixie Limited）通过合并成为可以连接密西西比州、田纳西州等南方数州的区域性运营商，加快了南方现代化进程，也推动了南方文艺复兴的发展。①

---

① 在专著《迪克西有限公司：铁路、文化与南方文艺复兴》的导论中，Joseph R. Millichap梳理了南方技术、南方文化和南方作家作品中的火车之间的关系，他认为20世纪20年代南方铁路运输的发展迎来黄金期，推动了南方文艺复兴的发展。详见Millichap, J. R. *Dixie Limited: Railroads, Culture, and the Southern Renaissance* [M]. Lexington: The University of Kentucky, 2002: 1-23。

铁路交通网的形成去除了分隔南方各处的地理障碍，加速了地区间的融合与流动，促进了南北方的经济联系，加快了南方社会融入北方的步伐。“南方的消费者在 1880 年就可以在当地很小商家的货柜上买到美孚的煤油、产自爱荷华州的玉米和产自新英格兰的羊毛制品。”（Cooper & Terrill, 1991：383）铁路交通的迅速发展加快了南方工业化和城市化的步伐，直接推动了南北方一体化市场的形成。火车作为这一时期的重要“进步”意象，大大拓展了作家的创作空间，不少南方作家都将自己乘坐火车的空间体验与创作相联系。福克纳家族曾因参与建造铁路而发家致富，福克纳本人的第一幅图画和第一个故事都以火车为特色。而来自北卡罗来纳州的作家托马斯·沃尔夫（Thomas Wolfe）在34 岁时声称自己乘坐的火车里程在 125 000 到 150 000 英里之间。罗伯特·佩恩·沃伦出生小镇的铁路车站是肯塔基州和田纳西州的地区主干线交汇点，小说中的人物常常乘坐汽车或火车往返各地。

南方铁路网的形成也带来城镇格局的变化，铁路沿线出现大量城镇并逐渐成为南方经济、文化和政治的区域中心。城镇为向往城市生活但生活在偏僻乡村的人们提供了更为便利的生活条件，为南方经济拮据的农民提供了更多的商业机会，为新兴工厂提供了便捷的交通和附近乡村的原材料、廉价劳动力，同时也为工业发展提供了新的空间。越来越多的南方农民不再从事原有的传统农耕工作，开始离开土地到城镇务工；南方传统贵族阶层尽管在乡村拥有房产，彼时也开始在城镇置办房产，举家迁居到城镇。这种生活模式也导致了美国社会政治领域阶层结构的重组。南方社会以种植园主为代表的旧中产阶级日渐衰落，以商人、企业家、律师、教师、政府职员等为代表的新中产阶级迅速崛起，逐渐成为社会的主导力量，南方政治生活的中心也“从农村移到了县政府所在地”（Bartley，1983：104 – 105）。在这种模式下，失去统治基础的南方传统种植园主阶层逐渐退出统治舞台，而以工商业人士为主的新兴阶层具有前卫的思想，敢于与传统相悖，成为南方社会文化变革时期的主要政治力量。20 世纪上半叶，美国社会阶级结构调整基本结束，趋于合理化，逐步形成橄榄型的社会阶层分布，为美国“市民社会”的到来奠定了基础，在很大程度上标志着美国社会自此进入了现代社会。

南方城镇的发展哺育了南方特有的文化潜质，深深地扎根于很多南方人的记忆中。同时，南方城镇也为身处南方的作家提供了丰富的创作题材和灵感。福克纳的好朋友（也是其文学道路的重要影响者）舍伍德·安德森童年时跟随父母辗转于俄亥俄州的克姆顿、克莱德、伊利里亚等城镇。他在《小镇畸人》（*Winesburg, Ohio*，1919）中刻画了温斯堡小镇，是以克姆顿为原型的。舍伍德·安德森建议福克纳描写自己熟悉的题材。福克纳在作品中创设的约克纳帕塔法世系的核心是杰斐逊镇，其原型就是福克纳家乡的城镇奥克斯福。奥克斯福位于密西西比州西北部，是拉菲特县的首府所在地。作为美国南方的一个典型城镇，其居民成分较为复杂，以中产阶级为主，包括商人、企业家、律师、教师、政府职员等，而福克纳的家庭就"属于这个鱼龙混杂的中产阶级"（杰伊·帕里尼，2007：4）。童年时的福克纳常常跟着大人去奥克斯福城镇外的田野和森林玩耍，那时打猎是南方社会非常重要的一项活动，大多数男人非常喜欢。但是这个城镇在福克纳成长过程中发生了很多变化，于1910年左右有了"先进的供电系统，全新的排水工程，科学的灌溉设施，此外还有人行道和大马路"（杰伊·帕里尼，2007：21）。从社会发展角度来说，这些变化都是积极的，可是福克纳与很多南方作家一样，对城镇的这些变化并没有感到高兴、激动，反而流露出忧虑。这些情绪在《圣殿》、《喧哗与骚动》、《修女安魂曲》（*Requiem for a Nun*，1951）、《城镇》、《大宅》、《掠夺者》等作品中也多有反映。

现代工业的兴起和城镇的崛起改变了南方人的生活方式，城市生活方式也逐渐取代了传统的农村生活方式，南方人的日常生活逐渐现代化。汽车的发展、铁路的铺设及其他交通设施的革新大大促进了商品的流通。弗雷德里克·刘易斯·艾伦（Frederick Lewis Allen）在《浮华时代——美国20世纪20年代简史》（*Only Yesterday: An Informal History of 1920's*，1964）中以调侃的方式追踪了20世纪20年代的中产阶级年轻夫妇一天的生活轨迹，绘制了一幅20年代普通人的日常生活图谱，从中可以管窥福克纳所处时代南方居民现代化的日常生活：清晨起床，史密斯夫人比较保守地穿了一条长及脚踝的裙子，而她看到的时尚杂志却宣称接下来要流行的是短裙。史密斯先生在吃早饭时打开一份报纸，而此时报纸的数量和品种还不是很多。这就如同福克纳笔下的杰斐逊镇，人们能看到的是来自大城市的孟菲斯报纸。史密斯先生在阅读体育版面时不但可以了解美国棒球联盟的赛事、南北方的棒球联赛，还可以看到拳击比赛的新闻，就像福克纳笔下的人物获得了“金手套奖”一样。吃过早饭，史密斯夫妇开着一辆敞篷汽车出门，驶上比十年前宽阔得多的马路。到了下午，史密斯先生去酒吧品尝加冰的苏格兰鸡尾酒，因为再过一段时间政府颁布的战时禁酒令就要生效了，届时去地下酒庄饮酒会非常昂贵。史密斯先生边喝酒，边听周围人谈论禁酒令。还有一些人在谈论一些社会问题，如不断上涨的物价、不法奸商牟取暴利的行为、政府的腐败等。史密斯太太则利用下午购物，一方面为家庭添置生活必需品，另一方面了解一下时尚信息。到了晚上，史密斯夫妇可以去电影院看场电影作为消遣。（弗雷德里克·刘易斯·艾伦，2008）

以上描写折射了福克纳所处时代的消费文化。报纸、汽车、烟酒、商场、电影院等消费意象一方面暗示了美国南方从传统农业社会向消费社会的转变，另一方面也体现了这种变革对南方人生活方式的改变。随着现代化农业机械的发展和化肥的广泛使用，拖拉机、摘棉机、剥玉米机、农药等免除了很多繁重的体力活，农民得到体力上的解放。新一代的农民不用像祖辈那样被固定在土地里，有了更多的闲暇时间去休闲、消费。由于不少南方农村处于交通不便的偏远山地，南方农民在日常生活中主要有两种购物途径：一种是去乡村商店或附近的城镇购物；另外一种是通过发达的邮递业务邮购商品。南方人在有空的时候会三三两两地聚集在农村商店的周围聊天，或者在旅馆点些食物，这种生活在南方年轻人日后的回忆中留下深刻烙印，正如爱德华·L. 艾尔斯（Edward L. Ayers）所言，南方商店是进入青春期的男孩子们“买第一把剃须刀和第一条长裤的地方”，也是女孩子们买“第一个玩具娃娃，第一瓶科隆香水，第一副袜带锁扣，第一块棉布，以及第一件紧身胸衣”的地方（Ayers, 1992:89）。

归纳而言，福克纳生活的年代是美国南方社会经济、政治、文化等各方面均发生重大变革的年代，而这种变革影响到每一个生活在南方的美国人。正如弗莱德里克·R. 卡尔（Frederick R. Karl）所言，“福克纳的每一根纤维组织都是大南方的产物，都源自他的出生地密西西比”,“美国历史的每一个方面都融进了福克纳,而福克纳在个人态度和作品中对美国历史的每一方面都做出了反应”。(弗莱德里克·R.卡尔,2007:4)因此,福克纳在“表现自身的乃至整个民族的遗产正如巴尔扎克表现19世纪的法国一样”,是美国迄今“最近似于巴尔扎克的人物”(弗莱德里克·R.卡尔,2007:4)。的确,福克纳关注历史、书写历史,但他书写历史的方式与巴尔扎克有所不同。蔡勇庆曾这样归纳二者的异同:“巴尔扎克是处在历史之中书写历史,福克纳则是跳出历史,以超越历史的视角悲悯地观察和反思历史。”(蔡勇庆,2012:32)从这个意义上来说,两位大师历史语境书写的审美内涵也各有特色。在巴尔扎克笔下,历史像一个大舞台,所处其中的每个人物都可以发挥自己最大的潜能,“遵循的是优胜劣汰、成王败寇的丛林法则”;而福克纳的历史“则像一个幽暗的隧道,人们处在隧道的中间地带,既看不到来时的光明,也看不到出口处的光”。(蔡勇庆,2012:32)历史语境在福克纳作品中究竟是如何呈现的呢?接下来,笔者结合福克纳不同时期的创作加以梳理,以期确立整体研究视野。

第二节　福克纳不同时期的创作

1919年8月,福克纳在好友的鼓励下发表了第一部诗作《牧神的午后》(*L'Apres-Midid'un Faune*,1919),被评论界认为开启了福克纳“全部文学作品的主题,那就是理想与现实的差距”(罗伯特·韦恩·韩布林,2020:22)。遗憾的是,这部诗作并没有给福克纳带来好的声誉。1925年,福克纳完成小说处女作《士兵的报酬》,在把手稿寄给博奈与利夫莱特公司(Boni and Liveright)之后就远赴欧洲旅行。《士兵的报酬》《蚊群》等早期出版的小说虽然没有被纳入约克纳帕塔法世系小说之列,但从中可以看到福克纳在创作技巧、人物塑造上的追求和探索,是研究福克纳早期创作特点的重要切入口。1927年年初,福克纳着手《坟墓里的旗帜》的创作,主要是萨托里斯家族的故事,并于1929年出版了在此基础上删减的小说《萨托里斯》。真正使福克纳在文学界一炮走红的是1929年出版的《喧哗与骚动》。虽然首次印刷的《喧哗与骚动》不到两千册，但这部作品受到了《纽约时报》(*The New York Times*)、《星期六文学评论》(*The Saturday Review of Literature*)等主流媒体的好评。而同样是在1929年，福克纳和迷恋多年的埃斯特尔·奥尔德海姆(Estelle Oldham)结婚。婚后的福克纳为了养家糊口，一方面在密西西比大学的发电厂工作，另一方面以惊人的效率开始创作小说。据传记家们统计，福克纳仅仅花了47天就写完了《我弥留之际》，而这部小说"在独创性、技术精湛性和叙事强度上与《喧哗与骚动》不相上下"(罗伯特·韦恩·韩布林，2020：48)。自此之后，福克纳进入较好的创作状态，几乎每年都有新作问世，而且大多是非常经典的作品，比如《圣殿》《八月之光》《标塔》《押沙龙，押沙龙！》《没有被征服的》《野棕榈》《村子》《去吧，摩西》。1929—1942年取得的文学成就使福克纳摘得1949年诺贝尔文学奖桂冠。他于1948年出版了《坟墓的闯入者》，其之后被好莱坞导演改编为电影上映。1949年后，福克纳笔耕不辍，相继出版了《修女安魂曲》《寓言》《城镇》《大宅》《掠夺者》等。此外，他的短篇小说也值得一提，经常被选编进文学作品选读的有《献给爱米丽的一朵玫瑰花》《花斑马》《烧马棚》等。

从福克纳一生的创作来判断的话，其大部分小说故事的发生时间从独立战争前一直延续到第二次世界大战后。福克纳小说的故事情节跌宕起伏，引人入胜。他开创了家族叙事方法，可以说是开拓了文本叙事的新途径。他在作品中较为真实地反映了南方社会的深刻矛盾，描绘了美国南方特定历史时期乡村和城镇的发展变化。福克纳在不同时期的创作非常多样化，无论是人物形象的刻画，还是创作主题，都在不断创新。

福克纳的文学创作基本可以分为三个阶段，即1920—1929年的早期创作阶段、1930—1949年的鼎盛创作阶段和1949年后的后期创作阶段。将每一部作品与福克纳当时的创作语境，包括福克纳本人的生活相联系，我们可以更好地理解每部作品的创作背景，从而更好地从整体上把握福克纳的创作走向和主题嬗变。

福克纳在创作的第一阶段，也就是1920—1929年间，出版了两部诗集《春之幻景》《大理石牧神》，还出版了三部小说，即《士兵的报酬》《蚊群》《萨托里斯》。这一时期的福克纳基本上是在模仿自己所喜爱或者崇拜的作家，比如托马斯·哈代、T. S. 艾略特、奥尔德斯·赫胥黎、D. H. 劳伦斯、弗吉尼亚·伍尔芙、巴尔扎克、查尔斯·狄更斯等。初出茅庐的福克纳一边在文学道路上摸索，一边寻找人生目标。1918 年年末到 1919 年年初，他从英国皇家空军加拿大飞行队退伍回到奥克斯福。退伍后的福克纳喜欢身穿英国皇家空军军官服，一瘸一拐地走路。在当时的南方，参加过战争并负过伤对一个男人来说是最好的资本。因此，福克纳常常对周围的人说自己在战争中受了伤，而事实上这只是满足自己的虚荣心的谎言，因为他连上飞机执行任务的机会都没有。此外，他在感情上也并不是很顺利，他喜欢的女孩埃斯特尔没有和他继续交往，因为埃斯特尔的父母觉得外表木讷的福克纳今后没有什么大出息，不会成为一个理想的女婿，埃斯特尔最终嫁给了毕业于密西西比大学的康奈尔·富兰克林。

在这一阶段的两部诗集和《大理石牧神》中，福克纳基本上还没有形成自己的风格。他在创作技巧上有着明显的模仿痕迹。在诗集《大理石牧神》中，大理石雕像作为一个重要意象出现在诗集中的 19 首诗歌中，让看似松散的诗歌较好地保持了连贯性。大理石雕像上的半人半羊的神灵原本是古罗马神话中的农牧之神，这也使诗集有着浓厚的象征色彩。诗集里的序言和后记基本上都是大理石雕像的内心独白，有着 T. S. 艾略特式的现代主义诗歌的特征。诗集中的诗篇主要描写天气、树木、花朵等自然景观，这些都带给诗集浓厚的浪漫主义色彩。这些现在看来非常稚嫩的诗集虽然是在模仿托马斯·哈代、T. S. 艾略特等人作品的风格，却给予了福克纳此后的创作不少鼓舞。

福克纳在出版诗集之后虽然还是一个无名小辈，但他结识了他文学创作生涯的重要领路人，即舍伍德·安德森。正是在这位贵人的帮助下，福克纳的第一部小说《士兵的报酬》于 1926 年出版。尽管安德森现在的名气没有福克纳大，但当时他在美国文坛的名气要比福克纳大得多。《士兵的报酬》原名为《五朔节》(*Mayday*)，讲述了从第一次世界大战战场归来的退伍军人的故事。小说的一开始呈现了一辆飞驰列车上的三个老兵，包括飞行员唐纳德·马洪、装有假肢的士兵乔·吉利根、空军军校学员朱利安·洛。唐纳德在战争中身受重伤，不但双目失明，容貌也遭到毁坏，奄奄一息的他近乎一具活尸体。而火车上的另外两位男性人物乔和朱利安主要负责护送唐纳德回家。同车的还有负责照顾唐纳德的玛格丽特·鲍尔斯，她在战争期间主要为红十字会组织服务，她的丈夫也在战争中不幸牺牲。这位善良的女性后来选择嫁给了伤势很重、无法言语的唐纳德，是福克纳刻画的心地善良、乐于付出的光辉形象。小说主要书写了垂死的唐纳德回到家乡后小镇居民的各种反应。自私浅薄的未婚妻塞西莉看到唐纳德的状况后马上就选择了其他男人。

在这部小说中，主要人物唐纳德被评论界认为是“福克纳一心要做到的‘自我’”（李文俊，2003：26），他身上所体现的则是一战后弥漫在美国社会的“迷惘的一代”的情绪。福克纳通过乔、朱利安等人物形象歌颂了人性的善良，同时也批判了小镇的落后和封闭。虽然这只是福克纳的第一部小说，却折射了第一次世界大战后美国小镇的文化风貌，也为后来福克纳在约克纳帕塔法世系小说中刻画著名的杰斐逊镇奠定了基础。小说对人性的刻画也体现了福克纳在小说创作方面的无限潜力。

福克纳 1927 年发表的《蚊群》以新奥尔良为背景，刻画了新奥尔良的一群艺术家形象。1925 年 7 月初，一心希望能到欧洲旅行的福克纳怀揣着从家里拿的部分路费和自己挣的稿费登上了去往意大利热那亚的轮船，随身携带的是可以供他随时写作的打字机和纸张。就在此时，他开始了《蚊群》的创作，于 1926 年 8 月底完成这部小说的草稿。《蚊群》的故事背景被设置在善于交际的艺术赞助商穆里埃夫人举行的游船聚会派对上。被邀请参加聚会的有艺术家、作家、诗人、新闻记者，还有新奥尔良法国人居住区的新女性。他们每个人都以一种特殊的方式到达游船，乘坐的游艇也很特别。虽然小说的名字叫《蚊群》，却没有任何与蚊子有关的事件。但是，如果结合庞恰特雷恩湖上游船聚会的情形来看，蚊群表达了作家的巧妙的讽刺。在游船上聚会的毫不相关的人们相互交谈，和一个谈完之后还会寻找下一个说话者，这无疑就像蚊子的侵扰一般：蚊子一般在叮完一个人之后立即飞走，寻找下一个目标。此外，游船上聚会的人们发出的声音也多少有点像蚊子飞行时发出的“嗡嗡”声，暗示了小说中人物对话的无聊。

批评家对《蚊群》的评价也褒贬不一。有的认为这部小说在一定程度上模仿了奥尔德斯·赫胥黎1921年出版的小说《克罗姆·耶娄》(*Crome Yellow*)。有的认为它还模仿了同时代的D. H. 劳伦斯的《恋爱中的女人》(*Women in Love*)和弗吉尼亚·伍尔芙的《远航》(*The Voyage Out*)。不过,在这部小说中,毫无关系的人因为某种共同原因而相聚到一个封闭奇怪的地方,这种写法使人联想起《坎特伯雷故事集》(*The Canterbury Tales*)中的情节安排,即来自不同地方的人们在讲述自己不同的故事。虽然这种写法并不具有独创性,但是表明了福克纳对小说结构的探索。而他后来在《喧哗与骚动》中将小说结构发展得炉火纯青。同时,他借助这种写法巧妙地讽刺了当时放荡不羁的文人圈子,从中可以看出福克纳作为文学大师特立独行的一面。

1929年《萨托里斯》的出版使福克纳再次受到评论界的关注。一直在美国文坛上不温不火的福克纳此时得到了舍伍德·安德森的一个重要建议,即书写自己熟悉的生活。从此,福克纳将创作重点转向自己熟悉的密西西比地区。也就是从《萨托里斯》开始,福克纳开始构建自己的文学创作帝国,建造了一个属于自己的虚构的文学领地,让各色人物演绎属于自己的生活。《萨托里斯》原名为《坟墓里的旗帜》,主要讲述了萨托里斯家族几代人的故事。主人公贝亚德的曾祖父是内战时期具有传奇色彩的陆军上校。作为英国皇家空军的飞行员,贝亚德参加完第一次世界大战后回到密西西比州的杰斐逊镇,他的双胞胎弟弟约翰在法国一次空战中因飞机着火而英勇牺牲。返回家乡后的贝亚德决定延续萨托里斯家族的悲剧传统。福克纳刻画的萨托里斯家族中的每一代人中都会有人在战场上牺牲,他们非常勇敢善战却缺乏谋略,第一代人死于美国内战,第二代人则在美西战争中丧生,第三代人则遭遇了第一次世界大战。这篇小说多少有福克纳自己家族的影子。福克纳的弟弟后来也在驾驶一架小型飞机时因飞机爆炸身亡,福克纳的祖父也是一位军官,内战结束后开始做生意。福克纳通过萨托里斯家族几代人的故事展示了美国从内战至第一次世界大战的历史风貌,使小说展示出了浓厚的历史感,也有不少悲剧色彩。

和前两部小说一样,《萨托里斯》出版之后得到的评价也是褒贬不一的。有的批评家高度称赞了这部小说的艺术价值,认为小说用词唯美、精准。有的评论家则认为这部小说粗制滥造,如约翰·巴赛特

(John Basselt)评论道："故事结构不够严谨，人物情感让人迷惑，语言叙述不凝练。"(Bassett,1997：74)从这部小说来看，福克纳的创作受到了巴尔扎克和狄更斯的影响。显然，福克纳希望自己的作品能够具有连贯性和统一性，像巴尔扎克的《人间喜剧》那样具有震撼力，希望自己能够像巴尔扎克一样创作出很多作品。遗憾的是，和前两部小说一样，这部小说的销量也不太高。

真正使福克纳品尝到成功的喜悦的是1929年的《喧哗与骚动》，这部小说的出版也标志着福克纳的文学创作进入第二阶段，说明他的创作到了自成体系的成熟阶段。这是福克纳的约克纳帕塔法世系小说的第二本，主要讲述了康普生家族的故事。小说中主要人物有：康普生夫妇，他们的四个孩子昆丁、凯蒂、杰生和班吉，他们的黑人用人迪尔西，迪尔西的外孙拉斯特和凯蒂的私生女昆丁(与她舅舅同名)。母亲卡洛琳掌控这个家，整天牢骚满腹，患有轻度精神抑郁症，父亲杰生喜欢酗酒。和萨托里斯家族一样，康普生家族在家族财富创立者之后第四代时就逐渐走向衰落，再也没有从前的风光。

这部小说结构巧妙，按照故事四个关键叙述时间分为四个部分，分别以时间为标题："一、1928年4月7日""二、1910年6月2日""三、1928年4月6日""四、1928年4月8日"。小说前三部分的每一部分都是由康普生三兄弟中的一个讲述。第一章是从最年轻的弟弟班吉的视角讲述。33岁的班吉的智商只相当于一个三岁小孩，大脑中只有感觉和印象，没有秩序感。姐姐凯蒂的离去让他失去了家庭的关爱，真正照顾他的是黑人女佣。小说中他主要以内心独白展现自己，这些独白以诗歌的韵味让人感受到他深深的失落感，如一部随意开启的相机记录下的可视画面。第二章主要记录了康普生兄弟中老大昆丁1910年6月2日发生的事。那一天他正准备通过自杀来结束他在哈佛大学一年级新生的生活。非常喜欢妹妹凯蒂的昆丁对于凯蒂失去贞洁深感痛心。他把这一点与家族名声甚至自己的生死联系在一起；他为凯蒂的包办婚姻感到苦恼，因为凯蒂出于婚姻带来的便利而嫁给了一个她不爱的男人。凯蒂结婚后一个多月，昆丁就跳河自杀了。第三章的讲述者是康普生兄弟中的老二杰生。物欲极强的杰生将凯蒂和其他所有人都视为满足他利益的商品。如果说昆丁对凯蒂的感情是炽热的爱，那么杰生则对凯蒂恨之入骨。因为凯蒂嫁给银行家海德后本可以让他在银行谋一份工作,但是当海德发现凯蒂怀有他人的孩子后便将她打发走了,杰生在银行找工作的希望也就破灭了。杰生也恨凯蒂的女儿小昆丁,他偷了妹妹寄过来抚养小昆丁的钱,并向母亲谎称那些钱是肮脏的,都被他烧了。杰生在小说中是恶的化身,他仇恨周围所有人,捉弄拉斯特,殴打外甥女小昆丁。他对物质的在乎无以复加,对钱的追求不择手段。小说的最后一章是迪尔西部分,她以全知全能的方式讲述当前发生的事情。迪尔西被福克纳塑造成一个勇敢、大胆、诚实和有责任心的长辈形象。她一直在照顾着康普生一家,尤其是班吉。迪尔西的出现是在1928年4月8日,这一天是复活节。她把家里事务处理妥当之后带着女儿、外孙和班吉到黑人教堂参加一个特殊的复活节仪式。黑人教堂里,到访牧师在宗教集会上布道,讲了基督教自我牺牲和自我救赎的精神。小说在一片喧哗与骚动中结束。迪尔西在故事中展现出来的正义、责任感及无私的爱是得到肯定的,而杰生的恶是遭到抨击的,由此可以看出福克纳爱憎分明。

这部为福克纳带来巨大声誉的小说展示了福克纳塑造人物形象的过人的能力。福克纳采用意识流手法刻画智商低下的班吉,读者在他断断续续的言语和意识里感受到一个不太正常的人物,他语言没有逻辑,思想意识跳跃。班吉的形象凸显了康普生家族的没落衰败氛围和悲剧色彩,他其实代表着美国旧南方——失去经济基础和活力的旧南方,其命运已经不可挽回,突显了美国南方社会由旧向新的转变。福克纳也刻画了对于凯蒂有着兄妹乱伦式的微妙情感的昆丁,凯蒂的失贞使昆丁遭受了沉重的打击,进而导致他精神失衡。如果说班吉的形象代表了旧南方,那么昆丁则是旧南方社会中种植园主或者没落的庄园主阶级的代表。他们在新南方来临时感到绝望,他们珍惜的体制和道德体系已经不复存在,他们看不到未来在哪里,只能选择消亡,遵从历史的发展趋势。而杰生则是福克纳塑造的有名的恶棍形象,他在三个兄弟中思维正常,却嗜钱如命。他实际上代表了新兴的资产阶级,其对物质和金钱的观念折射出新兴资产阶级的价值体系。他与兄弟姐妹间的关系预示着新兴资产阶级与旧社会元素的种种矛盾。尽管从历史的角度看,他是新生力量的代言人,但是其价值标准并没有得到赞许,而是受到鞭笞。小说中另外一个重要人物凯蒂没有对白和独白，也就从来没有为自己说话的机会，她的想法和情况都是经其他人之口叙述的。凯蒂可以说是旧南方价值体系的象征，她的堕落意味着旧南方固有伦理道德观念已经分崩离析。凯蒂爬树看葬礼时被班吉看到了她“沾满污泥的内裤”，这也就成了凯蒂人生的关键转折点，从此她离家出走追逐两性关系，进而堕落。这棵树似乎就像是伊甸园里的苹果树，凯蒂由此走向反面。凯蒂也并非一无是处，她仍然坚持给女儿寄抚养费，由此可以看出旧南方伦理道德中也有新南方可以继承的内容。而小昆丁可以看作这一体系的延续。

最为值得称颂的是这部小说的高潮的叙事技巧。首先，小说的时间安排非常独特。从表面上看，小说的时间显得极为错综复杂，但仔细观察的话，故事叙述者所讲的故事都是按时间顺序发展的。而且，这些时间还可以和《圣经》故事相联系：第三章、第一章和第四章的日期分别是 4 月 6 日、4 月 7 日和 4 月 8 日，这三天是耶稣从受难到复活的日子；第二章的日期是 6 月 2 日星期四，这是耶稣复活前的圣周四。四个日子都和基督教有关。此外，福克纳还大胆试验了很多现代主义技巧，如内心独白和意识流叙事方式，使得福克纳和 20 世纪的其他作家（如弗吉尼亚·伍尔夫、詹姆斯·乔伊斯、马赛尔·普鲁斯特等）一起成为著名的意识流大师。

1930 年发表的《我弥留之际》是福克纳的另一部经典小说。故事讲述了本德伦家族的女主人艾迪死后被家人送到她的娘家安葬的故事。故事一开始，艾迪就奄奄一息，即将辞世。她对家人的唯一要求就是死后把她埋在她的娘家，那里是杰斐逊的政府所在地。艾迪是一个小学教员，她不爱她的工作也不爱学生。她受到父亲的影响，父亲经常说“活着就是为了长久地死去而做准备”。她的婚姻也不太幸福，她对丈夫早就没什么感情，丈夫安斯对她的离去似乎也并不在乎。大儿子卡什老实本分，是一个木匠，她通过窗户能看到他在窗户边给她打棺材。送艾迪回娘家时，一家人一路上颠簸，遭遇了洪水、火灾等。在过约克纳帕塔法河时，棺材差点被洪水冲走，拉车的骡子被淹死了，只好用朱厄尔的心爱的马；停在格莱斯皮家过夜时大火差点焚毁尸体。虽然最终他们到了目的地，也实现了艾迪的遗愿，将她安葬在杰斐逊镇，但是付出了巨大的代价：卡什推车时被倒下的教堂塔尖砸断了腿；朱厄尔失去了心爱的马；达尔因夜间纵火而被送进疯人院；女儿杜威·德尔没能打掉孩子；瓦达曼没得到想要的小火车。小说的结局颇具讽刺意义：安斯不但装了假牙，还很快娶了新老婆。

这部小说在叙述技巧上与《喧哗与骚动》有些类似，也使用了意识流和内心独白的技巧。全书共有59个小节，包含了15个人的内心独白，而"这又由内心独白、引述的对话与对行动的叙述构成"（李文俊，2003：42）。虽然艾迪处于弥留之际，但她在小说中处于中心，这就如同凯蒂在《喧哗与骚动》中处于中心一样。一家人运送棺材的历程在有些评论者看来是一部现代版的奥德赛归家之旅。从表面上看，艾迪一家代表了南方的贫穷白人，但实际上他们也是历经磨难的全人类的象征。《我弥留之际》在福克纳评论界因其高超的现代主义叙事技巧、深刻的象征意义得到了很高的评价。

1931年出版的《圣殿》恐怕是所有福克纳小说中引起争议最大的一部。就在这一年，福克纳的第一个女儿出生后很快就夭折了。此时的福克纳虽然已经在美国文坛颇具知名度，但还是时不时地为经济犯愁。他不得不在撰写长篇小说之余写一些短篇小说，著名的《献给爱米丽的一朵玫瑰花》就诞生于这一时期。同时，他也开始写一些迎合读者口味的书，比如《圣殿》。福克纳自己也坦言，这部小说有点像赶工之作，是为迎合当时主流市场而作的。那时候，文学市场上充斥着流氓恶棍、走私酒品和凶杀故事。这些新闻故事在1920—1933年禁酒令执行期间一直出现在孟菲斯出版的晨报头版。

《圣殿》的故事开头是主要人物"金鱼眼"和霍拉斯一起来到偏僻的乡村老法国人湾，碰到了从大学里溜出来的谭波儿，于是将谭波儿强奸了。此后，谭波儿又被"金鱼眼"带到孟菲斯的一家妓院。小说的另一个重要人物是正直的律师霍拉斯，他想为被控谋杀和强奸的李·古德温辩护，因为真正的凶手是酒品走私犯"金鱼眼"。但是由于谭波儿出庭做伪证，霍拉斯没能帮忙打赢官司，李·古德温最后被一群暴徒以私刑处死。具有反讽意义的是，"金鱼眼"在去看望母亲的路上被捕，原因是被控谋杀了一名警察，尽管他并没有杀害任何警察。"金鱼眼"最终落得被绞死的下场，没人相信他被冤枉了。故事最后，人们看到谭波儿在巴黎卢森堡公园往鼻子上涂粉，她父亲是一位非常重要的法官，把她带到那里休养恢复。她虽然出身于法官家庭，但是没有勇气反抗，只是随波逐流、自暴自弃。

虽然福克纳对《圣殿》持矛盾态度，但评论界似乎从这部作品中看到了陀思妥耶夫斯基，因为《罪与罚》里的拉斯柯尔尼科夫就像《圣殿》里的“金鱼眼”一样，既“保护又侵犯孩子”（菲利普·韦恩斯坦，2018：123）。陶洁在《圣殿》的译序中也高度称赞了这部小说的艺术成就，认为从这部小说中可以“找到有关这虚构的约克纳帕塔法县的十六部小说的种种特色”（陶洁，2004a：7）。她认为，如果将《圣殿》放在南方社会大画卷里来考察，那么这部小说描绘的是“一个被破坏了的现代南方社会的场景”（陶洁，2004a：9）。谭波儿及她的法官父亲，象征了南方社会的没落贵族，他们在现实面前缺乏行动力，任人摆弄，缺乏原则；而“金鱼眼”则是南方典型的邪恶势力的代表。值得玩味的是，小说中的“金鱼眼”不但性无能，而且心理变态、性格扭曲，小说常常把他的脸色和电灯灯光相联系，还把他的身材比喻成“从铁板上冲压下来的”。总之，作为一部充满古希腊悲剧精神的侦探小说，《圣殿》展现了福克纳作为小说家的天资聪慧。

1932 年的《八月之光》的出版标志着福克纳创作的又一巅峰。这部小说比福克纳之前创作的任何一部小说都要长，结构也特别复杂。在《八月之光》之前的几部小说中，福克纳喜欢采用多角度叙事，但在《八月之光》中则采用了多线索叙事。小说的一个线索是乔的故事，是小说的主体和中心；另一个线索是莉娜寻夫的故事，情节简单，却是小说的框架；在这两个故事中间夹着海托华的故事。不同的线索发展使人物故事交织在一起，彼此联系又纵向延展。

小说最主要的一条线索是混血儿乔的故事。乔是一个从小遭到遗弃的私生子，他的混血肤色使他从小遭受到了很多歧视。由于不服从养父清教徒戒律式的管教，乔开始了四处流浪的生活。当最后来到密西西比州的杰斐逊镇时，他与当地一位年纪较大的白人妇女乔安娜成为情人，但二人并不十分了解对方。之后，乔安娜按照自己的设想去改变乔的生活，但乔有着刚强不屈的性格，不可能完全臣服于她。当二人关系破裂时，乔安娜准备先用枪杀了乔然后自杀，结果枪生锈没打响，最终被乔用剃刀杀死。被逮捕的乔最后死于一个种族主义者的枪下。小说的另外一条主线是莉娜的故事。小说以莉娜的故事开始，也以她的故事结尾。她与小说里另一个重要人物卢卡斯·伯奇相处一段时间后，卢卡斯·伯奇莫名离开。怀孕九个月时，莉娜从亚拉巴马州一路走来寻找未出生孩子的父亲。她拥有所有怀孕妇女的美德和毅力，到了杰斐逊后，却找错了人，因没有注意到伯奇与邦奇发音的区别而结识了拜伦·邦奇。这是一个天真的乡村男人，他信奉加尔文教，生性孤僻，喜欢独处，从来不知道爱为何物，立即与这个怀孕的年轻女孩热恋。在邦奇的朋友海托华的帮助下，莉娜顺利生下孩子，这时伯奇出现了，几分钟后又借故离开。小说的第三条线索是海托华的故事。遭受羞辱的海托华被剥夺神职后拒绝离开杰斐逊，因为这是他祖父内战时战斗牺牲的地方。他生活在自己祖父创造的丰功伟绩中，他祖父的点点滴滴弥漫在他全部的生活中，以至于对他分内教区之事漠不关心。他唯一的朋友就是邦奇。邦奇帮助莉娜接生之后，他感受到了爱的力量，逐渐改变了对传统伦理的看法。最后他认识到自己的问题，开始觉醒。

在《八月之光》中，福克纳第一次直面南方历史中的一个重要问题，即种族问题。主要人物乔看上去像是白人，又像是黑人，一直在寻找自己的身份和归属感。正如福克纳在一次访谈中所指出的，“乔不知道自己是谁——究竟是白人还是黑人，他什么都不是。由于他不明白自己属于哪个种族，便故意将自己从人类群体中驱逐出去。在我看来这就是他的悲剧所在，也是这个故事悲剧性的中心主题”（Frederick & Blotner，1965：72）。福克纳通过塑造乔这一形象控诉了南方种族主义和宗教狂热主义，批评了传统伦理道德统治下南方封闭的社会思想。小说中的另一个主要人物莉娜展现了乐观豁达、宽容仁厚的精神和品质。她的执着善良与伯奇的逃避、邦奇的怪异及乔的固执形成鲜明对比。莉娜的故事虽然简单，却是连接其他人物的关键。

值得注意的是，福克纳在这部小说中刻画了杰斐逊城镇的情况：美国南北战争给城镇居民的后代们留下了难以愈合的精神创伤，工业文明的入侵也让很多传统的南方居民无法适应。种族歧视和迫害的悲剧在南方的各个角落还会时不时上演。可见，《八月之光》折射的是南方的深刻变革。除了严肃深刻的主题外，《八月之光》还展示了福克纳高超的叙事技巧。蓝仁哲在《八月之光》的译序里专门分析了《八月之光》的情节结构。在他看来,福克纳在这部小说中"试验着一种高度自由的组合结构"。虽然是多线索的结构,但小说有着极为周到的安排。福克纳"从小说主题、人物遭遇、事件、行动、时间、用品、话语、意象"等诸多细节描写上巧妙地采用了"对置、对位、对应、反衬等手法,构成了不同线索之间的契合和张力,维系了小说的整体结构"(蓝仁哲,2004:9)。

1936年10月底,《押沙龙,押沙龙!》出现在书店的书架上,随后评论也陆续见诸杂志和报纸,持肯定态度的居多。很多评论者认为这是福克纳最有抱负、最重要的一部小说。不过,《押沙龙,押沙龙!》的创作并不是一帆风顺的,此时的福克纳常常为不断增加的债务而烦恼。1935年11月,他的弟弟迪安在一次飞行中遇难,给福克纳带来很大的打击,因为这架飞机是他卖给弟弟的。同时,他也感觉到身上的责任:要照顾弟弟已经怀孕的妻子和自己的母亲,处理弟弟善后事宜。其间,福克纳好几次赴好莱坞为电影公司写剧本,以缓解经济拮据。在这种状况下,《押沙龙,押沙龙!》的写作和修改一直在断断续续地进行。

《押沙龙,押沙龙!》主要叙述了19世纪末至20世纪初南方白人萨德本家族发生的戏剧性故事,是一部家族历史小说。这部小说在一定程度上体现了佛教里"因果报应"的理念。小说的主人公是托马斯,年少的他曾被黑人用人拒绝进入种植园主庄园,这一屈辱经历使托马斯立志今后一定要成功。当他最终成为种植园主时,却发现自己的妻子有着黑人血统。最终他毅然抛弃妻儿来到密西西比的约克纳帕塔法。经历过战争和家庭变故后的托马斯一蹶不振,最后被人发现与琼斯外孙女有染而被杀害。

许多文学批评家和历史学家认为这是福克纳最了不起的作品,最主要的原因就是这部小说采用了多重视角。福克纳将《喧哗与骚动》里昆丁搬出来作为这部小说的主要叙述者。除此之外,故事中也有其他叙事者,比如罗莎、施礼夫。在罗莎看来,托马斯简直是一个恶魔:艾伦死后,他向罗莎求婚,要求试婚,即如果她能为他生个儿子,他们的婚姻就合法化。在昆丁的父亲看来,托马斯是一个没有什么背景或者家庭资源的来到密西西比的新人,没有什么教养。对于镇子里面一同造就他的传奇的人们来说，托马斯就是一个劫匪新郎，用偷来的钱和恶魔般的奴隶迅速建成了自己的种植园，然后又用偷来的东西装满了屋子。对施礼夫来说，托马斯是怪异热带文化里的谜中之谜。在昆丁看来，托马斯就是南方社会出问题的关键。这些不同人物所持观点相互激烈碰撞，使故事成为福克纳小说中最复杂的一个。

在这部小说中，福克纳实际上是通过萨德本家族来表现美国南方在内战后的历史演变，萨德本也是一个南方典型的失败的英雄形象。小说中对黑人充满了同情。对白人种植园主因果报应的描写反映出福克纳再一次对南方种族主义的思考和批评。在很多评论者看来，《押沙龙，押沙龙！》标志着福克纳创作生涯的巅峰，是一部真正具有独创性的现代主义作品。福克纳研究专家弗莱德里克·R.卡尔曾高度评价这部作品，认为这是唯一能与马赛尔·普鲁斯特、托马斯·曼、卡夫卡、康拉德、罗伯特·穆西尔、赫尔曼·布罗赫、吉尼亚·伍尔夫、詹姆斯·乔伊斯的杰作相提并论的一部作品："也许除了一些细节之外，它无可挑剔，是一部维系着所有重大美国主题的自始至终都精彩的作品。如果说梅尔维尔通过写鲸鱼追求一个重要的主题，那么福克纳，如果说有什么区别的话，所掌握的是美国内战及其余波这样一个更加重大的主题，在经济恐慌处于最顶点时，他掌握住了美国失败的全部光辉。"（弗莱德里克·R.卡尔，2007：637）

将《押沙龙，押沙龙！》翻译成中文的李文俊也很欣赏这部作品，认为这是福克纳所有作品中"史诗意味最最强烈的一部"（李文俊，2003：86）。我国学者谌晓明在归纳福克纳创作巅峰时期的语言成就时，曾这样总结："《喧哗与骚动》的痴人梦呓、《我弥留之际》的黑色幽默、《八月之光》的多元内聚与《押沙龙，押沙龙！》的世系叙事都充分体现了福克纳对语言的精巧驾驭。"（李文俊，2003：12）

善于改写短篇小说，并将短篇小说揉进长篇小说是福克纳的文学创作特色。此外，他还有一部分小说以故事集的形式出现，如 1938 年出版的《没有被征服的》、1939 年出版的《野棕榈》和 1942 年出版的《去吧，摩西》。这些小说包含了若干短篇小说，但由于其中包含了一些连贯要素，因此被学术界称为长篇小说。

《没有被征服的》包含七个短篇小说：《埋伏》（"Ambuscade"，

1934)、《撤退》(“Retreat”,1934)、《奇袭》(“Raid”,1934)、《第三次还击》(“Riposte in Tertio”,1936)、《买主》(“Vendée”,1936)、《萨托里斯家的冲突》(“Skirmish at Sartoris”,1935)、《马鞭草的气味》(“An Odor of Verbena”,1938)。这些短篇小说都由贝亚德讲述,而且都讲述了萨托里斯家族几代人的故事,情节环环相扣,呈现了很好的统一性,因此被视为长篇小说。《没有被征服的》以密西西比州为背景,讲述了美国南北战争和战后重建时期的故事,展现了福克纳对于南北统一、种族冲突等问题的严肃思考。

《野棕榈》也包括两个看似不相关的部分。第一部分“野棕榈”讲述了夏洛特为了追求爱情而抛弃家庭和情人哈里私奔的故事。这部分以悲剧结尾,夏洛蒂因堕胎而死,哈里则被判了50年监禁。在第二部分“老人河”中,福克纳则讲述了一个略带喜剧意味的故事,主要关于两个犯人在洪水决堤泛滥之时拯救一男一女。20世纪90年代之前,这部小说一直被看作两部短篇小说。20世纪90年代再次出版时,这两个部分才被放在一起,被视为福克纳的第11本长篇小说。蓝仁哲在翻译《野棕榈》的译后记中评价了这部小说的形式。他将小说中两个独立的部分视为类似音乐“对位法的结构形式”(蓝仁哲,2009:293),有着巴赫金的复调效果。这部作品中的夏洛蒂受到很多女性主义者的关注。蓝仁哲将这部小说的主题归纳为“自由与责任的错位”。如果从南方历史语境来看,福克纳无疑是通过这个人物形象来肯定南方变迁过程中一些丢失的道德伦理价值。

《去吧,摩西》看似结构松散,包含了若干短篇小说。这部小说一开始只是作为短篇小说集出版,书名为《去吧,摩西和其他故事》(*Go Down, Moses and Other Stories*,1942)。直到1949年再版时,出版社才将名字永久地改为《去吧,摩西》,正式认定其为一部长篇小说。《去吧,摩西》由七个经过修改或全新创作的短篇构成,围绕同一个主题,既相互联系又可独立成章。小说的主人公是艾萨克·麦卡斯林,主要讲述了麦卡斯林家族两个支系(一个是白种人后裔及其女儿衍生出的后代,一个是黑人与白人混血的后裔)的故事。小说前三个故事讲述了旧南方的种族仇恨及其带来的悲剧后果。第一个故事“话说当年”的主要人物是一个黑人奴隶及其白人主人兄妹(二人同父异母)和奴隶主麦卡斯林兄弟。小说展现了对旧南方社会的一种留恋，奴隶主麦卡斯林兄弟对待黑人奴隶的方式似乎让人们觉得奴隶制并不是那么罪恶滔天。第二个故事"火焰与壁炉"则讲述了卢卡斯与他的白人兄弟赞克之间的恩恩怨怨，从中可以管窥当时南方社会的种族矛盾、种族分裂问题及黑人奴隶希望解放的愿望。第三个故事"大黑傻子"述说了一位黑人工人失去爱妻后的一系列怪异行为。福克纳通过这个恐怖悲伤的故事探索种族仇恨带来的后果。在《去吧，摩西》的第四篇、第五篇、第六篇，福克纳讲述了有关打猎的故事，因此这三个小故事也被称为"大森林三部曲"。山姆是一位优秀的猎人，他不但教艾萨克如何打猎，还教他如何做人。他不仅仅是艾萨克的打猎师傅，更是他精神上的父亲。"熊"作为其中一篇，讲述了艾萨克跟随打猎队伍进入森林猎捕熊的故事。这看似是一篇优秀打猎小说的故事寓意丰富：艾萨克最终接受了大自然给予人类的启迪与传统伦理道德的财富，实现自我救赎（吴冰，1995）。艾萨克的心灵成长也使学术界将《熊》看作福克纳的一个成长故事。最后一个故事是与小说同名的"去吧，摩西"。塞缪尔（卢卡斯的孙子）在芝加哥杀人被判死刑，其尸体被运到约克纳帕塔法县安葬。小说在杰斐逊举行的葬礼中结束。

《去吧，摩西》向读者展现了南方社会特定时期的历史文化。在这部长篇小说中，福克纳深入思考了很多问题，包括南方发展过程中的种族冲突、环境破坏、性别矛盾等。通过这部小说，读者可以管窥南方的整片土地、南方的发展和时空变迁，尤其是南方发展过程中的各种棘手的问题。通过这部小说，福克纳"贡献出了他宏大而独特的文学工程中最后一个真正伟大的文本"（杰伊·帕里尼，2007：235）。

自《去吧，摩西》之后，福克纳进入了后期创作阶段。不过在 1939 年出版的《野棕榈》和 1942 年出版的《去吧，摩西》之间，还有一部小说也值得一提，那就是 1940 年出版的《村子》。福克纳在《村子》之后，于 1957 年出版了《城镇》，于 1959 年出版了《大宅》，学术界通常把这三部作品称为"斯诺普斯三部曲"，也常常将它们放在一起研究。在《村子》中，福克纳主要讲述了贫穷白人弗莱姆在约克纳帕塔法县的一个偏僻的乡村老法国人湾一步步向上爬的故事。弗莱姆最终和老法国人湾的种植园主老瓦纳家的未婚先孕的女儿尤拉结婚。弗莱姆因为挽回了老瓦纳家的面子而获得了丰厚的经济补偿。韩启群和杨金才在《商品、服饰、广告——福克纳小说〈村子〉消费文化透视》一文中，从消费文化的视角分析了和斯诺普斯家族相关的各种商业活动，认为福克纳在小说中“刻画了很多村民们购物消费的场景”，分析与消费文化密切相关的“商店与商品、服饰衣着及广告”三个方面，在文本里呈现出“20 世纪初美国南方农村独特的消费文化观”。福克纳的这种书写展示了美国南方历史转型期“南方农村白人消费价值观及由此带来的生活方式和道德伦理观的转变”（韩启群、杨金才，2010：105）。

从 1942 年《去吧，摩西》到 1948 年《坟墓的闯入者》的出版，福克纳的创作经历了“七年之贫”。在 1942—1948 年连续的七年里，他没有发表一篇作品。此时第二次世界大战已经全面爆发，美国也已参战。美国国内媒体争相报道战争近况，似乎无暇顾及作家的作品；福克纳的创作灵感也不像以前一个接一个。在这七年中，福克纳大部分时间是在好莱坞写电影剧本或者改写电影剧本，主要受雇于华纳兄弟影片公司。福克纳需要这份工作来缓解他紧张的家庭经济状况，毕竟他要负担或者部分负担弟弟、弟媳、侄子们和自己小家庭的生活开销。可是他并不喜欢好莱坞的生活，在他看来，他写的东西被改来改去，最后面目全非，这对一个作家来说实在是难以接受的。不过，此时福克纳的作品在书店的书架上已经不容易被找到了，这让福克纳感到不安，因为这意味着他可能被人们淡忘。在此期间，他接受了评论家马尔科姆·考利的访谈，后者计划撰写一篇评论福克纳的论文。后来这篇论文被全文刊载在 1945 年 4 月的《星期六评论》上，详细考察了福克纳创作的不同阶段，反击了否定福克纳的批评家，也指出了福克纳写作中的缺点。之后，马尔科姆·考利着手编辑一套福克纳文集。为此，福克纳为约克纳帕塔法家族的主要人物编写了系谱表和年代表。这套文集激发了美国文学评论界对福克纳的文学成就进行重新认识，也奠定了福克纳在美国文坛的地位。9 月，福克纳感到在好莱坞写剧本的工作实在是浪费时间，尽管与华纳兄弟影片公司的合同还没到期，他还是毅然离开那里回到了奥克斯福。

福克纳于 1947 年年底开始创作《坟墓的闯入者》，1948 年 2 月完成草稿，4 月完成修订版，7 月以 5 万美元的价格将其电影版权卖给米高梅电影公司。故事的主人公卢卡斯和《八月之光》中的乔一样，也是黑白混血儿，这个人物也曾在《去吧，摩西》里扮演重要角色。在《坟墓的闯入者》中，卢卡斯由于受到外人栽赃陷害，被误认为是一起凶杀案的嫌犯，原因是他是黑人。为在遭受私刑前找出真凶，洗脱自己的罪名，他和白人男孩契克一起力图还原真相，因为卢卡斯曾经救过契克的命。契克开始为解决这起凶杀案和自己的黑人同伴亚力克一起努力，两个人的关系就如同《没有被征服的》中的拜亚特与林戈的关系。最后真相大白，卢卡斯不是凶手。小说中的另一个重要人物加文一直在极力劝说卢卡斯认罪，以便卢卡斯可以进入联邦正规监狱，从而免遭私刑。

由于这部小说的叙述者是白人男孩契克，因此在一些评论家看来，这部小说是福克纳另一部有着明显的成长小说痕迹的作品。此外，陶洁在这部小说的译本序中指出，虽然也和种族题材相关，但和之前的作品比，这部小说的特点在于福克纳"不再用暗示或隐喻的方式来谈社会问题，而是很明确、很直截了当地揭露了当时美国社会的一大矛盾——种族关系问题"（陶洁，2004b：3）。从叙事技巧来看，这部小说和福克纳创作鼎盛期的《喧哗与骚动》《八月之光》相比，没有展示出那么多的现代主义技巧，如意识流、多角度叙事等。相反，小说采用了侦探小说的格局，叙事风格也比较清晰易懂。作为福克纳创作后期的第一部小说，《坟墓的闯入者》展示了福克纳叙事风格的变化，但有评论者认为福克纳已经江郎才尽，创作在走下坡路。福克纳在小说中展示了他对南方历史变革的独特理解。福克纳以一种非常严肃的态度审视了美国南方的种族问题。20 世纪 40 年代，黑人民权运动已经开始，黑人要求获得自由和权利的呼声越来越大。福克纳在小说中不但刻画了白人自由主义的代言人加文的形象，而且通过加文对种族的刻板印象，表达了自己对于种族主义的严厉批判。

1951 年出版的《修女安魂曲》是福克纳唯一的一部半小说半戏剧性作品，详细讲述了美国密西西比州的历史变革。在这部小说的创作过程中，福克纳经历了不少人生重大事件，包括 1949 年获得诺贝尔文学奖，以及一桩情史。1949 年 8 月，福克纳的老友豪利从战场上归来结婚了。豪利妻子的表妹琼非常渴望成为作家并拜访了福克纳，此后他们保持了通信联系。随后福克纳的小说《坟墓的闯入者》电影版开始公映,《让马》(“Knight's Gambit”,1949)出版面市。福克纳与琼的通信与接触变得频繁,12 月 31 日两人秘密见面。翌年 2 月,两人在纽约见面。福克纳在纽约也参加了朋友组织的一系列聚会。回到奥克斯福之后他没能完全投入《寓言》的创作中,而是撰写《修女安魂曲》。8 月,福克纳的《短篇小说集》出版发行,媒体给予广泛好评。1950 年 11 月,福克纳获得了诺贝尔文学奖,带着女儿吉尔前往瑞典参加颁奖典礼。福克纳的获奖感言见诸报端后引起人们极大关注和获得很多赞誉。回到美国的福克纳在参加了众多聚会和女儿的高中毕业典礼并致辞后,再次投入《修女安魂曲》的创作中,1951 年 6 月完成这部小说,随后交由兰登书屋出版。

评论界有人认为《修女安魂曲》是《圣殿》的续篇,它延续了后者的故事。福克纳在故事中关注了一位正在受审的黑人妇女南希。她是《圣殿》的女主角谭波儿雇佣的保姆。谭波儿雇佣南希或许是因为南希也像谭波儿一样曾是风尘女子,只有她才可以理解谭波儿的过去。敲诈勒索者皮特知道谭波儿的过去并想以此敲诈她,结果二人在交往中产生感情,意欲私奔。南希得知此事后将仍在襁褓的婴儿捂死,以留住谭波儿,使其不离开儿子。在她看来,小男孩与婴儿不同,已有自我意识,如果这时母亲离开,他会有被遗弃的感觉,因而会感到非常羞耻。南希被判有罪,即将被绞死。此时谭波儿出现,认为必须说出真相以拯救南希,并祈求她的原谅和宽恕。最终南希被判有罪,由电椅行刑。这部小说于 1956 年在巴黎以舞台剧的形式出现,之后多次被改编为戏剧演出。

《修女安魂曲》中的人或物充满了象征意义:谭波儿就像是追求知识的夏娃,追求能够区分善恶的知识;小说中的法院、监狱等建筑物又代表了人们制定的一系列规章制度和维护这些规章制度所付出的努力,人在这些建筑面前失去了自由。福克纳也展示了如果人类社会没有道德与良知的约束,人与自然会发展成什么样子。福克纳评论者卡尔·F.赞得评价了这部小说,认为“沦丧”是福克纳的主题。在他看来,《修女安魂曲》呈现了南方的解构:“从原始到文明的堕落,从殖民地到城镇的堕落,从内战前的世界到内战后的世界的堕落,以及从 19

世纪到 20 世纪的堕落。”（Zender，1989：101）

1954 年，福克纳创作多年的《寓言》终于出版。这部写写停停的作品创作得很慢，却成为福克纳一部风格独特的小说。获得诺贝尔文学奖之后的福克纳仍然继续着他的文学创作，他去瑞典参加颁奖典礼都带着《寓言》的文稿。《寓言》故事的发生地是第一次世界大战的战场，主人公是一个下士，是一位耶稣基督式的和平主义者。他试图劝说战壕里的士兵放下武器，最终却被射死。几天后，他的尸体却神秘消失。很多评论者认为小说的结构和《圣经新约》有点相似，这也可能是小说标题的来源。虽然主要背景是第一次世界大战的战场，但小说会时不时地将读者拉回到密西西比州，展示第一次世界大战期间美国南方的社会风貌和历史变革。

1957—1959 年，福克纳相继出版了“斯诺普斯三部曲”的后两部《城镇》《大宅》。在这一时期，福克纳不但经常参加相关文学活动，还接受了弗吉尼亚大学的邀请成为驻校作家，他非常喜欢和享受在那里的生活。大学里的氛围比较轻松，福克纳经常带妻子参加一些聚会。另外，弗吉尼亚是猎狐的理想之地，这也让福克纳非常乐意待在那里。在《城镇》《大宅》这两部作品中，福克纳继续了 17 年前出现在《村子》里的弗莱姆的故事。在老法国人湾娶了怀孕的尤拉的弗莱姆坐上马车去杰斐逊发展了。到了杰斐逊镇，他的妻子尤拉和市长有了一段暧昧的关系。弗莱姆从市长那里获得了一个收入丰厚的职务。之后，弗莱姆一步步地获取财富，也渐渐获得了更高的政治地位。到尤拉自杀时，他已经是杰斐逊银行的副行长了。小说还讲述了明克和弗莱姆之间越积越深的矛盾。在《村子》中，当明克被判入狱时，他一心希望弗莱姆前来救他，可弗莱姆自始至终都没有出现。这在明克心里留下了很深的怨恨，觉得弗莱姆背叛了血族关系。真正使明克坚定要杀弗莱姆的信念的是就在明克坐了 20 年牢快要刑满释放时，害怕报复的弗莱姆派人诱惑明克逃跑，导致明克又被加判了 20 年。上当的明克意识到弗莱姆的计谋后，就在监狱里等着出狱将弗莱姆杀掉。在第 38 年时，明克在尤拉女儿的帮助下提前被释放，回到杰斐逊镇将弗莱姆杀害，报了仇。

《城镇》《大宅》书写了弗莱姆和明克的故事，也书写了出现现代工商业文明的杰斐逊镇。由于这两部小说都写于20世纪50年代,小说中出现了大量对美国南方社会文化和历史的描写,尤其是杰斐逊镇的历史剧变。小说特别刻画了城镇中消费变革影响下南方居民的生活。

1962年,福克纳的最后一部小说《掠夺者》出版,而就在这一年的7月,福克纳与世长辞。《掠夺者》的主人公是一个12岁的男孩卢修斯。布恩(《去吧,摩西》里的一个猎人)想把卢修斯爷爷的汽车开去孟菲斯以达到不可告人的目的,卢修斯表现得非常配合。在类似从恶向善的天路历程中,他们在去往城市的道路上一直与泥坑做斗争,发现用人耐德偷偷跟着他们出来了。小说主要记载了他们在孟菲斯的各种经历。

在这部小说中,主人公卢修斯和《坟墓的闯入者》中的契克、《去吧,摩西》中的艾萨克一样,都是未成年人,因此这三部小说都是福克纳长篇小说中的成长小说。这三个人物在各自的经历中领悟到的道理却不一样。《坟墓的闯入者》中的契克更深地体会到了南方的种族冲突,《去吧,摩西》中的艾萨克则学会了对大自然的尊敬,《掠夺者》中的卢修斯学会的则是南方传统价值的重要性。杰伊·帕里尼(Jay Parini)在《福克纳传》中分析到这部作品时,指出《掠夺者》展现了南方社会的全貌,福克纳试图在这部小说中"制造出一个已经逝去的世界的神话,一个梦想,一个童话。这个世界也许从未真正存在过,但无论如何,它给生活在现在的人们以评论的参照和心灵的慰藉"(2007:377)。

在《成为福克纳·威廉:福克纳的艺术与生活》(*Becoming Faulkner: The Art and Life of William Faulkner*,2009)中,菲利普·韦恩斯坦(Philip Weinstein)列举了福克纳在日常生活中的酗酒恶习,也追溯了他的婚外情,但在这位传记家眼里,尽管福克纳有这么多的缺陷,但在一件事情上特别成功,即"给自己一辈子找了个圣殿:他那坚定不移地写小说的决心"(菲利普·韦恩斯坦,2018:285)。的确,在诺贝尔文学奖得主中,像福克纳这样"名字不断回响在瑞典皇家学院庄严殿堂里的,恐怕很难找出第二位"(韩启群,2017:1)。作为世界级的文学大师,福克纳的作品已经超越了时空,超越了文学,成为"人类文化遗产的宝贵的一部分"(朱振武,2004:3)。在约克纳帕塔法文学王国中,福克纳通过几代人命运沉浮起落的故事,不但将转型期的南方社会艺术化、具象化地展现在读者面前，也敏锐地再现了历史变迁对南方人文化和心理上产生的深远影响。从福克纳具有丰富历史感的书写中，读者不仅可以想象出南方区域的民俗风貌和历史遗风，也可以深切感知南方人的心理特征、思维方式和伦理价值观。

为了更近一步地理解福克纳的文学创作和历史语境之间的内在联系，接下来笔者将聚焦文化、阶层等具体选题，结合福克纳几部重要作品做文本细读和分析，通过近距离的切片观察方式，深入探讨福克纳卷帙浩繁的小说与其所处时代历史片段之间的深层关联。

第三章　美国南方历史语境与福克纳小说中的文化变革书写

第二章具体阐述了自内战结束至20世纪60年代美国南方社会各个方面的变迁。归纳起来，这一时期的变迁主要包括农业文明的消逝、南方生态危机的凸显、工商业文明的兴起、南方城镇化和工业化带来的消费文化的兴起等。这些文化也体现在福克纳的文本创作中。福克纳在很多小说中都描写了人物的消费活动，由此可以看出当时消费文化的兴起，以及消费变革带来的南方城镇、农村居民日常生活方式的变革。福克纳所处时代正是现代主义盛行之时，自然受到现代主义思潮的影响。福克纳在创作过程中再现了南方社会文化变革时期的历史语境，表达了自己对变革的审慎批判。本章主要从三个方面研究福克纳作品中对历史语境的文化再现，具体包括“农业文明的消逝与工业文明的兴起”“消费文化的传播与传统道德观的沦丧”“生态危机的凸显与对工商业文明的批判”。

第一节　农业文明的消逝与工业文明的兴起

20世纪上半叶正是南方农业生产机械化的快速发展时期，农业文明逐渐消逝，取而代之的是以农业机械、电器设备、汽车等为代表的工业文明的兴起。在西方福克纳研究领域，已有学者就福克纳笔下描写的农业文明的消逝进行了相关考察，如查尔斯·S. 艾肯（Charles S. Aiken）在2009年出版的专著《福克纳和南方地理景观》（*William Faulkner and the Southern Landscape*）。在这部作品中，查尔斯·S. 艾肯从五个章节论述了福克纳作品中南方景观书写的意义，包括“在家绝不安静的艺术家：福克纳对现代生活的理解”（“An Artist Never Quite at Home：Faulkner's Apprehension of Modern Life”）、“那一晚很快平静下来：黎明时分的南方种植园”（“That Evening Son Go Down：The Plantation South at Twilight”）、“地位提升：从乡巴佬到大佬”（“Come up：From Red Necks to Riches”）、“男人的喘息：南方与新世界殖民主义”（“The Panting of Men：The South and New World Colonialism”）和“超越约克纳帕塔法看南方”（“Seeing a South Beyond Yoknapatawpha”）。在艾肯看来，福克纳对南方棉花种植园的描述堪称权威，对于许多白人甚至某些南方黑人来说，是福克纳第一次将他们带入种植园的世界（Aiken，2009：224）。艾肯之所以得出农业文明消逝的结论，主要是基于福克纳笔下很多南方地理景观的描写细节，如福克纳笔下日渐荒废的旧建筑、被汽车取代的马车等。文化地理学的重要人物迈克·克朗（Mike Crang）论述了地理景观描写对于文学批评的重要意义，并且呼吁研究者要对文学文本中的地理景观书写给予足够的关注。在他看来，研究者要对作家如何呈现特定地域的地理景观有着足够的敏感，应注意观察作家通过地理景观书写表达自己对于特定地理空间的理解和建构。（迈克·克朗，2003）

在国内评论界，韩启群也借用文化地理学的理论视角研究了福克纳“斯诺普斯三部曲”中的地理景观书写。在《论福克纳后期作品〈城镇〉〈大宅〉中的地理景观书写》一文中，韩启群主要分析杰斐逊镇的地理景观意象所折射的“特定历史时期美国城镇消费文化和都市化进程，探讨文本中所体现的20世纪上半叶美国南方以消费为导向的文化变革和城镇白人消费价值观的转变”（韩启群，2012：97）；在《“花园里的机器”——论福克纳斯诺普斯三部曲中的汽车景观书写》一文中，韩启群、杨颖则主要借助文化地理学和物质文化的理论视角透视“斯诺普斯三部曲”中与汽车相关的物质景观书写，并得出这样的结论：“作为现代工业文明的标记，三部曲中和汽车相关的物质景观书写不但表现出现代工业文明对田园理想的入侵，也从不同层面表现了处于美国南方城市化和工业化进程中的具有典型意义的地区‘精神’。”（韩启群、杨颖，2011：97）而在《论福克纳后期作品中的法院意象》一文中，韩启群、杨颖则通过福克纳在多部后期作品中不断出现的法院书写“挖掘杰斐逊镇近半个世纪的文化身份转变”，认为福克纳笔下的法院书写反映了“20世纪上半叶美国南方城镇的深刻变革”，见证了“半个多世纪以来工业化带来的地理变迁和文化冲撞”（韩启群、杨颖，2011：101）。韩启群在研究中从多个地理景观对福克纳的后期作品进行了深入探讨，但较少关注《喧哗与骚动》《八月之光》《去吧，摩西》等其他一些更为经典的作品中的地理景观书写。本节将填补这一研究空白，从《喧哗与骚动》《八月之光》《去吧，摩西》等作品中的地理景观描写来研究南方传统农业文明的消逝。下面重点考察棉花及与棉花相关的描写，研究棉花从何种层面成为南方农业文明消逝的象征。棉花对于南方的重要性如同蒸汽机对于工业革命，是福克纳文本中与南方历史社会文化变革时期密切相关的地理景观意象。然后，从机器技术景观入手阐释南方历史社会文化变革时期的工业文明是如何取代农业文明而兴起的。

在福克纳的作品中，棉花是值得关注的重要地理景观描写，随处可见与棉花相关的背景，这些是主人公重要的活动场景。比如，福克纳在《我弥留之际》开篇之处就描写了棉花地的场景：

> 小路笔直，像根铅垂线，被人的脚踩得光溜溜的，让七月的太阳一烤，硬得像砖。小路夹在一行行碧绿的中耕过的棉花当中，一直通到棉花地当中的棉花房，在那儿拐弯，以四个柔和的直角绕棉花房一周，又继续穿过棉花地，那也是脚踩出来的，很直，但是一点点看不清了。（威廉·福克纳，2004c：1）

类似的棉花书写细节还出现在该小说的其他章节，如杜威在拐上塔尔家的小路时看到的情形：

> ……轱辘在湿泥中嗞嗞作响，经过了田野中一排排绿油油的棉花，弗农小小的人影在地块那边扶着犁。（威廉·福克纳，2004c：86）。

在《喧哗与骚动》中，杰生抱怨了南方农民种植棉花的穷困状况：

> "棉花成了商人投机的对象。他们让农民怀着很大的希望,哄农民多种棉花,好让他们自己在市场上兴风作浪,挤垮外行的新手。你倒说说看,农民除了晒红了脖梗,压弯了腰,还能捞到什么?你以为辛辛苦苦种地的除了糊口,还能多拿到一分钱吗?"我说。"种多了,价钱贱,棉花连摘都不值得;种少了呢,棉花连喂轧棉籽机都不够。"(威廉·福克纳,2004b: 207)

由此可见,福克纳对于南方农民亦怀着同情之心,同情他们的遭遇,给予棉花投机商人以批判。而在《村子》中福克纳描述了最早来到老法国人湾的居民后代,他们"在山谷洼地种棉花,在绝无人迹的山岰里用玉米酿造威士忌酒"(威廉·福克纳,2001:2),形成该地区的日常生活传统。

从上面很多作品中的描写可以得出这样的结论:棉花是20世纪初美国南方的重要经济作物,是农民们重要的家庭经济来源。在南方种植园文明衰落之前,每到采摘棉花的季节,摘棉花比赛成为南方社会村民们的重要季节活动。密西西比州的很多县都会举行摘棉花大赛,并且推选出棉花采摘冠军参加密西西比河流域大赛,和阿肯色州和密苏里州的选手竞争,夺取密西西比河流域"最佳采摘能手"称号。

美国南方地区分为南方丘陵地区(Upland South)和南方低地地区(Lowland South)。南方低地地区有种植园传统,主要种植稻米、甘蔗、烟草和棉花,而南方丘陵地区主要种植谷物,如玉米和小麦,还养殖牲口,如公猪、牛及家禽。由于奴隶主要与种植园经济联系在一起,美国大部分的黑人都居住在南方低地地区,而南方丘陵地区基本上是白人的自耕田。在福克纳小说中的南方地理景观描写中,我们可以看出这两种地理文化被同时展示在一个地区,小说构建了融两种体制、文化为一体的南方地理文化。(Zelinsky,1992: 34 – 37)从《喧哗与骚动》中杰生关于棉花的抱怨可以得出这样的结论:棉花种植主体大多是作为佃农的贫穷白人,这些贫穷白人和老瓦纳家关于棉花种植的合约反映了当时南方的收成制、农作物借贷制等政治经济制度。查尔斯·S.艾肯在《美国南方内战后的棉花种植》(*The Cotton Plantation South since the*

Civil War,1998)中指出,美国人口调查局对庄园佃农的分类在1870—1959年随着时间的改变而改变,根据他们使用土地时的支付方式和支付数额分为三种基本类型:分成制佃农(将收成的一部分交给地主来代替租金)、分成农民、支付现金的租户。所有这些农民都被提供了房屋,可以从树林里砍树来做饭或点火。大部分农民可以种花,养一头奶牛。分成制佃农除了家庭劳动力以外,没有任何可以种植棉花或谷物的土地。地主提供土地、骡子、设备及一些现金,让农民买食物和衣服或者还清在庄园代理店的赊账。分成制佃农要把收成的一半作为租金还给地主。分成农民拥有自己的骡子和器具,地主提供土地,他们需要将收成的1/3或1/4付给地主作为租金。支付现金的租户也拥有自己的骡子和器具,但和分成农民的区别在于他们会事先谈好租地的价格,最后以现金方式或用一部分收成来偿还,如一捆棉花或者30蒲式耳的玉米。(Aiken,1998)福克纳作品中的棉花书写反映出20世纪初美国南方的耕作体系,读者也可由此窥见这一时期的政治、经济体制。

在小说《去吧,摩西》中的"三角洲的秋天",老麦卡斯林观察了南方农业文明的消逝和工业文明的兴起:

> 在这片土地上,无数小镇上的霓虹灯眨着眼,无数锃亮的当年出厂的小汽车风驰电掣地在铅垂线般直的宽阔公路上掠过他们身旁,然而,在这片土地上,人类活动的唯一永恒标记看来还是那些巨大的轧棉机,虽然它们都是在一个星期之内用一块块薄铁板拼焊成的。(威廉·福克纳,2004d:321)

在这段书写中,"轧棉机"是揭示南方文化变迁的重要标记。美国内战后,棉花机房里面也发生了技术变革,常常会配备19世纪80年代生产的自动的轧棉机设备,一套设备有两个或更多的轧棉机,靠蒸汽机拉动。查尔斯·S.艾肯指出当时销售轧棉机设备的公司主要有亚拉巴马州的大陆轧棉机伯明翰公司(The Continental Gin Company in Birmingham)和路易斯安那州的海峡轧棉机阿密特公司(The Gullet Gin Company in Amite),它们是北密西西比地区专门销售棉花机的两大公司。轧棉机设备比较昂贵,主要用于每年9月棉花采摘完后的加工,时间比较短暂，很多南方农民为了省钱，往往临时拼焊一个简易的轧棉机来加工棉花，往往待棉花加工完成后就废弃不用了。

和轧棉机一样成为南方社会农业变革标记的还有棉花机房。《去吧，摩西》多次提到成套的轧棉机设备。很多南方时期的棉花机房都是两层木头建筑，1929 年萨托里斯庄园里的棉花机房主要是木头建造的，但镶有金属顶。随着南方种植园文化的衰败，棉花种植被南方木材业取代，棉花机房和轧棉机一样，逐渐淡出历史的舞台。正如在《献给爱米丽的一朵玫瑰花》中，“轧棉机房”和“汽车间”并列，展现了 20 世纪南方社会农业文明的消逝：

> 那是一幢过去漆成白色的四方形大木屋，坐落在当年一条最考究的街道上，还装点着有 19 世纪 70 年代风格的圆形屋顶、尖塔和涡形花纹的阳台，带有浓厚的轻盈气息。可是汽车间和轧棉机房之类的建筑侵犯了这一带庄严的名字，把它们涂抹得一干二净。只有爱米丽小姐的屋子岿然独存，四周簇拥着棉花车和汽油泵。房子虽已破败，却还是桀骜不驯，装模作样，真是丑中之丑。现在爱米丽小姐已经加入了那些名字庄严的代表人物的行列，他们沉睡在雪松环绕的墓园之中，那里尽是一排排在南北战争时期杰斐逊战役中阵亡的南方和北方的无名军人墓。（威廉·福克纳，2002a：41）

共同种植的棉花强化了农民们的地区身份，而棉花本身则潜移默化地塑造着农民们基于土地的价值体系，反映了南方社会文化变革时期人们的观念形态。内战前后，从事农业生产的南方人终日在自己的土地上耕作。人们过着单调淳朴的生活，相对来说还比较勤勤恳恳。但是到了 20 世纪初，随着棉花种植的现代化和农药技术的推广应用，棉花种植体系也在慢慢地变革。这种变化从根本上动摇了密西西比河流域地区农民们基于农业文明的文化根基。

除了棉花、棉花种植业的书写外，技术文明、工业产品的书写也是一个探究南方农业文明消逝的切入点。福克纳的很多作品创作于 20 世纪上半叶，这一时期正是美国工业化发展日趋成熟之际，很多工业产品在日常生活中得到应用，提高了生产效率和生活水平，但也带来了人们生活方式的深刻改变。农业生产上的技术变革，如棉花生产机械化和农药的应用改变了人们的生产方式，也带来了美国南方经济体制的变革；电气技术和电力设施在工业、照明、通信、交通等各方面的广泛应用不仅推动了社会生产力的迅猛发展，也促进了社会生产关系和社会生活的巨大变革。福克纳作品中各种技术文明、工业产品的书写映射了美国的第二次工业革命浪潮，反映了 19 世纪末 20 世纪初美国工业化和城市化进程中电力、通信、交通等各个领域的重大技术变革。

福克纳作品中描绘了诸多工业产品，说明美国南方工业文明已经兴起，并且已融入人们的生活。内战结束后，美国经济进入快速发展阶段，电气技术方面出现了一系列重大的发明创造和技术突破。19 世纪末，电动机和电气制造业发展成美国重要的新兴工业，许多大城市建设了大型发电厂。19 世纪末 20 世纪初，电力普遍用于工业和照明系统。1930 年，经济状况不佳的福克纳为了养家糊口，在奥克斯福的一家发电厂找到一份工作。尽管一墙之隔的发电机发出“低沉、持续不断的嗡嗡声”，在发电厂上夜班的福克纳却“从煤仓里找来手推车当作桌子”（罗伯特·韦恩·韩布林，2020：48），创作出众多引人入胜的故事，其中包括最为知名的《献给爱米丽的一朵玫瑰花》。电气技术的兴起也引起其他相关工业领域的革命，如通信革命。1837 年，美国科学家莫尔斯发明了电报机，1845 年华盛顿和巴尔的摩之间架设了有线电报系统。1876 年，贝尔发明了电话机，1891 年斯特罗齐制成了电动交换机，从此电话进入普及阶段。20 世纪初美国又引进了无线电技术，1906 年德雷福斯发明了三极管，1920 年世界上第一个广播电台——美国的“KOKA 电台”正式广播。电信、广播事业的发展使信息技术跨入一个新的时代。①

1930 年，福克纳购置了一处坐落于奥克斯福南郊的老泰勒路上的老谢戈格宅院，随后利用自己赚来的稿费为这栋房子安装了煤气炉、电话等现代设备。

---

① 很多研究美国历史的学者都提到了美国内战后的工业化和城镇化进程，尤其是经济发展取得的巨大成就。可参见：黄虚锋. 美国南方转型时期社会生活研究（1877—1920）[M]. 上海：上海人民出版社，2007；余志森. 崛起和扩张的年代（1898—1929）[M]. 北京：人民出版社，2001。

在《喧哗与骚动》中，福克纳描写杰生时多处出现了电报、电话、电灯等，特别描写了无轨电车。在描写昆丁时，福克纳多次提到昆丁坐无轨电车的情形：

> 列车拐弯了，机车喷发出几下短促的、重重的爆裂声……整整一天，火车弯弯曲曲地穿过迎面而来的山口，沿着巉岩行驶，这时候，你已经不觉得车子在前进，只听得排气管和车轮在发出吃力的呻吟声，永无穷尽的耸立着的山峦逐渐与阴霾的天空融为一体，此时此刻，我不由得想起家里，想起那荒凉的小车站和泥泞的路还有那些在广场上不慌不忙地挤过来挤过去的黑人和乡下人，他们背着一袋袋玩具猴子、玩具车子和糖果，还有一支支从口袋里撅出的焰火筒，这时候，我肚子里就会有一种异样的蠕动，就像在学校里听到打钟时那样。（威廉·福克纳，2004b：97）

小说还借助昆丁的视角讲述了岸上的汽车和水里的双桨赛艇并排前进的样子：

> 他们把赛艇放入水中，过了一会儿，布兰特带着两把桨出现了。他身穿法兰绒衣裤，外面是一件灰夹克，头上戴一顶硬邦邦的草帽……她看他乘着时速25英里的风离岸而去，身边经常出现一堆堆肮脏的羊群似的浮冰……他驶走后，他母亲掉过车头开回到河边，在岸上与他并排前进，汽车开着低速慢慢地行驶。（威廉·福克纳，2004b：100）

类似描写在其他作品中也比比皆是。在《掠夺者》中，卢修斯开着偷来的汽车去了孟菲斯。在《八月之光》中，电话被很多人物使用。这些细节书写说明家用电器使用基本在南方得到普及，现代工业文明已经覆盖南方的各个乡镇。

最能体现工业文明到来的是飞机、汽车的书写。美国第二次工业革命中另一具有重大意义的技术改造是内燃机的发明和应用，其促进了汽车和航空工业的兴起。内燃机的发明为人们实现翱翔天空的梦想奠定了技术基础。1903 年莱特兄弟发明了第一架飞机。1933 年,《圣殿》被改编为电影在好莱坞上映,福克纳用部分版权报酬购置了一架韦科双翼飞机,并且在经济上资助弟弟学习飞行。此外,汽车也逐渐取代马车成为南方人的主要出行工具。1908 年,福克纳所在的奥克斯福迎来了第一辆汽车。这辆红色的"温顿六号"旅行车虽然只是在前往孟菲斯的途中短暂停留在奥克斯福小镇,却在当地引起了不小的轰动。一个叫作约翰·布法娄的生意人在自己的机械商店手工制造了一辆汽车,成为在奥克斯福拥有汽车的第一人。随着汽车在小镇的普及,连最保守的福克纳的祖父也买了一辆 1909 年生产的别克车,还雇了一个黑人司机。这些与汽车相关的经历片段在福克纳的最后一部小说《掠夺者》中也有所体现。

在《八月之光》中,当乔坐进汽车后,卡尔文在后面骑着老白马艰难地奋力追赶。在《我弥留之际》中,当本德伦一家快要到达杰斐逊镇时,首先映入眼帘的是来回奔驰的汽车:

> 一条街往前延伸,通向开阔的广场,在那里,法院前面矗立着一座纪念碑。(威廉·福克纳,2004c:199)

在《掠夺者》中,汽车更有着重要的地位,对于推动小说的情节发展起了重要作用。小说的主要情节是偷汽车去孟菲斯,在孟菲斯因赌博而失去汽车,接着又赢回汽车,最后开着汽车返回杰斐逊。而在很多作品中,福克纳的主要人物都有开车的经历,比如《喧哗与骚动》描写了杰生开着汽车在城镇躲避凯蒂追赶的情形:

> 我钻进汽车,开车回镇上去。我刚拐上大街就看见一辆福特飞快地朝我这边开来。可是它突然停住了。我听见车轮滑动的声音,接着车子掉头,倒退,急急地朝前开去,我正在琢磨这辆车子到底是怎么回事,这时我瞥见了那条红领带。接着我又看见她透过后窗扭回头来张望的那张脸。汽车急急地钻进了一条小巷。我看见它又拐弯了,等到我开进后街它又从那儿开走了,它在拼命逃跑呢。(威廉·福克纳,2004b:254)

总而言之，福克纳在众多经典作品中展示了美国南方社会自内战结束至20世纪60年代农业文明向工业文明过渡的重要特征，不但想象性地再现了农业机械化的过程，而且再现了以电力发展为主导的工业革命的发展脉络。对于农业文明的消逝与工业文明的兴起，福克纳的态度显然是比较矛盾的。虽然福克纳最早购买了"美国南方的第一批农用拖拉机"，他"却不喜欢购买广播、电视、电唱机等，而且他还禁止女儿在家里使用这些电器"（韩启群，2017：53）。换言之，福克纳一方面"和很多现代主义者一样对于传统价值的丧失感到痛心，一方面也清醒地认识到阻挡变革无异于螳臂当车，不如勇敢地面对"（韩启群，2017：52）。

第二节　消费文化的传播与传统道德观的沦丧

随着南方工业文明的兴起，各种消费品逐渐丰富。福克纳所在的奥克斯福小镇广场有着各种各样的店铺，小镇居民在闲暇之余不但可以逛街购物，还可以在镇上的饭店、咖啡馆品尝美食、会客聊天。消费信贷的兴起使人们可以以分期付款的方式提前购买需要的商品。福克纳与妻子埃斯特尔婚姻矛盾升级的部分原因在于后者常常会因为购买昂贵的衣服和家具而给丈夫留下长长的借款单，让福克纳大为恼火。为此，福克纳曾经在奥克斯福和孟菲斯的报纸上登载启事，宣布妻子信用卡上透支的债务与他无关。

南方居民消费购物的情形在福克纳作品中也经常被提及。在短篇小说《花斑马》中，福克纳讲述了弗莱姆把一些花斑野马弄到老法国人湾销售的情形。小说通过第一人称叙事视角讲述了以亨利为代表的村民购买花斑野马的情形：

> 我真希望你能亲眼看到那伙人。他们站在那里，口袋里揣着本来是买种子的钱，眼睁睁地看着得克萨斯人白给埃克·斯诺普斯一匹活马。

....

> 不过这番话还是拦不住亨利。他已经挤了上来，对着得克萨斯人直挥拳头。他松开拳头；手里都是些五分和两角五分的硬币，只有一张一块钱的票子，皱皱巴巴像在牛胃里反刍过的。“五块钱，”他说，“哪个人还想抬价就得把我的脑袋砸了。要不然，我就砸他的脑袋。”（福克纳，2002a：265－267）

在这段精彩的描写中，来自外地的弗莱姆和得克萨斯人把花斑马带到老法国人湾，向村民们兜售商品，由这一情节可以看出北方工商业文明和消费文化正向南方传播。而受到商业利益诱惑的村民们没有安心在田间劳作，而是积极投身商业活动，这一情节暗示着农村贫穷白人的生活方式和观念在城市工商业文明的影响下发生了改变。

除了南方居民的买卖书写外，福克纳文本里还有很多与广告相关的书写。20 世纪上半叶，随着现代化生产技术的应用，批量生产的商品大量涌入市场，而居民购买力不足又导致了生产过剩，在这种情形下，广告业开始兴起。丹尼尔·J. 布尔斯廷（Daniel J. Boorstin）在《美国人民主历程》（*The Americans: The Democratic Experience*）中指出了美国自内战结束后广告业兴起的原因：“我们已经看到，蒙哥马利沃德和西尔斯以及其他一些人，在内战结束后的二十年之内，是怎样利用他们巧妙编写的商品目录来做广告，从而建立起他们巨大的消费者社团。这种广告到达千万户读者的手里，不是夹在新闻或小说之间，而是以最醒目的地位，专门提供出售某种商品，以招来买主。”（布尔斯廷，1993：169）

丹尼尔·J. 布尔斯廷所描述的广告场景在福克纳文本中也是随处可见的。在《村子》里，福克纳讲述了各种商品广告对南方偏远山村的入侵。小说提到了两种广告形式：一种是邮购广告，一种是拉特利夫巡回推销车上画的广告。小说中很多人物采用邮购方式购买商品。各种各样商品的传播与流通，加上广告的刺激，对于消费者形成了很大的诱惑，无形中增强了他们的欲望。广告在向南方居民展示丰富多彩的商品的同时，也向他们传达了一种“基于物质的幸福生活理念，也在无形中播撒了享乐主义的种子”（韩启群、杨金才，2010：109）。

19 世纪末，美国南方农村推行免费投递制度。政府的初衷是帮助农村居民了解外面的世界。通过免费投递制度，农村居民不但可以订阅各种新闻时尚刊物、包含广告的报纸等，也可以通过包裹投递服务从大都市购买各种需要的日用品。国会议员们最初的希望是靠这种制度打破农村的孤独状态，制止人口从农村向城市流动，但实际情况与之相背。商家通过免费投递服务，将商品名录邮寄给农村居民，所处地理位置偏远的农村居民则可以通过这个商品目录了解购买的商品。

福克纳的多部小说涉及了邮购商品的描写。小说《圣殿》描述了谭波儿躲过盲人后来到一个庭院里，遇到一个女人，女人撕下几张邮购商品目录的纸递给谭波儿，让她去谷仓：

> "你这儿有盥洗室，对吗？"
>
> "什么？"女人说。她扭头望着谭波儿，而谭波儿带着那种讨好、求饶的怪相看着她。女人从隔板上拿下一本邮购商品目录，撕下几张递给谭波儿。"你得去谷仓，跟我们一样。"
>
> "是吗？"谭波儿握着纸说，"谷仓。"
>
> "他们都走了，"女人说，"今天早上他们不会回来的。"
>
> "是啊，"谭波儿说，"谷仓。"
>
> "对，就是谷仓，"女人说，"除非你太纯洁了，不必干这种事。"
>
> "是的，"谭波儿说。她望着门外，目光越过杂草丛生的空地。在昏暗的柏树之间，果园在阳光照耀下显得灿烂明亮。她穿上上衣，戴上帽子，朝谷仓走去，一手拿着撕下的书页，上面满是一幅幅晾衣服夹子、带专利的衣服脱水机和洗衣服铜图。她走上过道停下脚步，把纸张折了又折，然后一边向前走，一边畏畏缩缩地朝那些空荡荡的牲口隔栏飞快地瞥视。（威廉·福克纳，2004e:77）

由此可见，邮购商品已经深入美国南方人的生活中，正改变着人们的消费习惯。商品的流通在交通条件改善的情况下变得比以往任何时候都便利。目录上的晾衣服夹子和衣服脱水机在偏远的乡村商店是买不到的，这些令人眼花缭乱的商品其实是一个个诱惑。一本邮购商品目录被随处丢放，也说明这样的物品在人们生活中是极为常见的。这也从另外一个层面展示了当时南方居民的日常消费习惯已经与传统消费方式大不相同。

福克纳还在多部小说中呈现了南方居民受消费文化的影响。在《八月之光》中,寻找肚子里的孩子的父亲的莉娜在去杰斐逊镇的途中路过一个店铺时看到了各种各样的商品,包括乳酪、饼干、沙丁鱼等。福克纳在小说中描绘了莉娜是如何抵制自己的消费欲望的:

> 实际上,她在进行着一场温和的斗争,同自己生存其间并与之共存的古老土地所赋予的谨慎。这次她胜利了。她站起身来,小心翼翼地,不太自然地举步,在众目睽睽下走进店铺,售货员跟在后面。"我要去买,"她心想,甚至在指名买乳酪和脆饼干时她还想着,"我就是要买。"她大声说道:"还要一盒花丁鱼呢。"她把沙丁鱼的音说讹了。"五分钱一盒的。"(威廉·福克纳,2004f:18)

当莉娜决定买沙丁鱼时,她很小心地解开自己布包里裹着的钱币。对于她来说,一方面她害怕自己把钱花光后没钱坐车去寻找丈夫,另一方面她又经不住消费商品的诱惑。最终,欲望占了上风,工商业文明在和南方传统文明的交锋中获得了胜利。由此可见,这段描写恰如其分地体现了各种消费物品对于南方居民的诱惑。

同样,在《我弥留之际》的结局部分,小说借助卡什的视角描述了一家人将艾迪的遗体运回家乡安葬后在镇上消费的情形。作为父亲的安斯不但要求子女借钱给他镶了假牙,还很快娶了一个新的太太。这位新太太手上提着一个全家人一直想买的轻便留声机,而这个小留声机给大家带来了很多物质享受:

> 后来每逢一张邮购的新唱片寄来时,我们便坐在屋子里(外面是大冬天)听着音乐,这时我就想起达尔不能跟我们一起享受,真是太可惜了。(威廉·福克纳,2004c:225)。

故事的叙述者卡什是家中的长子,勤勤恳恳,只知埋头干活。他一直在为母亲赶做一口棺材,是福克纳小说里忍辱负重、乐于牺牲的人物形象。这样一个人物到了小说最后却一直寻思着通过分期付款买一个留声机，并一直想象着有了留声机后的美好生活：

> 我寻思我们家没有留声机也许是对的。我寻思要是听着音乐，我恐怕什么活儿都干不成了。照说呢，听听音乐也是人生的一大享受。比如说，一个人晚上筋疲力尽回到家里，一边休息一边听上一点音乐，那是再舒坦不过的了。（福克纳，2004c：223）

在这里，福克纳刻画了一个老实勤恳但难以抵挡消费诱惑的人物，谴责了消费商品的无孔不入。在这段书写中，勤恳踏实、谨小慎微的传统南方农民形象被颠覆，取而代之的是受消费文化影响的新一代的南方白人形象。值得补充的是，就在福克纳开始写作《我弥留之际》的前一天，即 1929 年 10 月 24 日，美国股市暴跌。这场金融灾难结束了第一次世界大战后美国的经济扩张时期，标志着 20 世纪 30 年代经济大萧条的开始。而在福克纳所在的密西西比地区，大萧条引发的棉花市场的衰退给该地区棉农带来了灾难性的影响。南方农民在现实生活中的贫困和小说中虚构人物对于购物的渴望暗示了消费文化给南方人带来的负面生活影响，在一定程度上可以被理解为是《我弥留之际》中本德伦一家道德危机产生、家庭伦理秩序崩塌的社会根源。

在工商业文明的入侵过程中，20 世纪上半叶南方居民的消费习惯也发生了改变。在《坟墓的闯入者》的第 11 章，小说借助加文的视角观察了杰斐逊镇的消费变化，区别了南方居民来镇上购物的习惯的变化。一直以来，“星期一是拍卖牲口和交易的日子，那星期六肯定是拍卖收音机和汽车的日子”。但是，现在发生了改变。星期一基本和从前一样，男人们开着汽车或卡车到镇上，然后到交易棚里去，但星期六不再是男人们交易收音机和汽车的日子：

> 这一天有男有女有孩子有老人有娃娃还有为了明天在乡村教堂举行婚礼而来买结婚证书的年轻伴侣进城来买一星期内所需要的香蕉两毛五分钱一听的沙丁鱼机器做的蛋糕与馅饼之类的食品和美味小吃还有衣服袜子饲料化肥和犁具零件。（威廉·福克纳，2004g：209）

消费习惯的改变带来了城镇的改变。越来越多的汽车行驶在大街上，街道变得越来越嘈杂：

> 收音机就得比平时开得更响通过那能量过足的扩音器响得盖过了汽车排废气的呼呼声轮胎的沙沙声换挡时的咔嚓声还有那没完没了的喇叭响所以你离着广场很远就听见了不但无法分辨出哪一家收音机停了哪一家又开始了甚至根本不必去分辨他们放的是什么或者他们想卖给你的是什么东西。（威廉·福克纳，2004g：210）

小说借助加文律师的视角观察了城镇的消费场景，也传达了作家对于工商业文明的批判。老一代美国南方人的生活伦理逐渐被抛弃，年轻一代的南方人越来越注重物质享受，勤劳节俭成为过时的信念。因此，在这个意义上，福克纳作品对于消费文化的再现也反映了贫穷白人的及时行乐的消费倾向。

在消费文化兴起的过程中，消费信贷起了很大的作用。伦德尔·卡尔德（Lendol Calder）在《融资美国梦：消费文化信贷史》（*Financing the American Dream：A Cultural History of Consumer Credit*）中讲述了美国消费信贷的兴起。卡尔德认为，消费信贷革命出现在 20 世纪 20 年代，而“分期付款方式是信贷革命兴起过程中的重要象征”（伦德尔·卡尔德，2007：153）。1910—1930 年，以分期付款方式购买商品的做法得到了极大改善。分期付款曾经作为一种平民信贷方式而被鄙视，但慢慢被全社会接受，逐渐成为“中产阶级生活方式的组成部分”（伦德尔·卡尔德，2007：154）。房子、汽车、冰箱、电视、音响设备等各种耐用消费品、家用电器都可以通过分期付款的方式先购买回家。这改变了南方居民的消费习惯，为其提供了超前消费和预支未来的保障。福克纳在很多文本中都提到了兴起于 20 世纪上半叶的美国消费信贷，尤其是分期付款方式。在《我弥留之际》最后一部分，卡什与朱厄尔谈到通过分期付款的方式购买留声机：

“你倒说说他到底在干什么?”朱厄尔说,“要是我,抱着那两把铁锹走十个来回的时间都有了。”

“让他慢慢地干吧,”我说,“要知道,他可没你那么麻利。”

“那他干吗不让我去还呢?我们得去治你的腿,这样明儿个才能动身回家呀。”

“我们时间有的是,”我说,“不知道分期付款买那玩意儿得多少钱。”

“分期付款?”朱厄尔说,“你拿什么去买呀?”

“总有办法的吧,”我说,“我寻思花五块钱可以把苏拉特那一台买下来。”(威廉·福克纳,2004c:223-224)

留声机成为人们梦想中的消费品,拥有留声机却不是一般民众可以做到的,只能通过分期付款的方式。消费社会的兴起塑造着人们的消费习惯和消费行为,人们成为时尚的被征服者。

在《八月之光》中,莉娜的哥哥在锯木厂工作,厂里使用的新机器有不少就是通过分期付款的方式购置的:

这家厂采伐松木,已经在这儿开采了七年,再过七年就会把周围一带的松木砍伐殆尽。然后,一部分机器,大部分操作这些机器的人、靠它们谋生的人和为它们服务的人,就会把它们载上货车运到别的地方去。由于新机器总可以以分期付款的方式添置,有些机器便会留在原地:立在断砖头和杂草堆中的车轮,形容憔悴,扎眼刺目,不再转动,那副样子真叫人触目惊心……(威廉·福克纳,2004f:2)

由此可见,以分期付款为主的消费信贷方式在当时的南方已经为人们所接受,是经济活动中较为普遍的现象。

在《掠夺者》中,当卢修斯同他祖父的司机布恩,一个有着印第安血统的白人,偷偷把汽车开到孟菲斯的时候,小说描写了他们在通往孟菲斯道路上看到的景象:

这片土地本身似乎已经发生了变化。农场更大、更昌盛了，栅栏更紧了，房子上了漆，连谷仓也涂上了漆；空气中弥漫着城市气息。我们最后来到了一条笔直伸向远方、布满车辙印的宽阔公路。（威廉·福克纳，2004h：77）

接着小说聚焦了马路上随着尘雾一起移动的东西：

这尘雾不容置疑，移动得那么快而且看上去那么多；当尘雾中显示出一辆汽车时，我们甚至一点也不感到惊奇；当两辆汽车擦身而过，尘雾混合为一团巨大的烟尘如同一根柱子、一个竖起的路标，隐约预示着未来：蚂蚁般的来回往复，有不可救药的分期付款购车瘾；机械化，流动性，这就是美国的必然命运。（威廉·福克纳，2004h：77－78）

这里，福克纳通过“蚂蚁般地”“不可救药的”等词语表明了自己对消费信贷的态度，他并不认同这种消费方式。而消费信贷、分期付款都是现代工商业文明发展到一定阶段后必然会出现的。福克纳对这种商业变革表示出轻微的谴责，但也只能无奈地接受：

文明的迹象不断出现：单个的乡村小店及交叉路口的村落几乎是接踵而至；商业充斥着我们的四周，空气中的确弥漫着城市气息，我们车子扬起并为之笼罩的烟尘洋溢着都市气味；连小孩和狗都不再冲到门口栅栏边看我们及其他三辆在过去与我们擦肩而过的汽车。（威廉·福克纳，2004h：78）

福克纳对于现代文明是持肯定态度的，他知道这是历史发展的趋势。但是，在美国南方的现代化过程中，他又意识到现代文明对于传统农业文明的侵害。在《八月之光》中，福克纳描写了布朗和拜伦爬火车离开的场景：

即使在这时，他还没有意识到布朗就在旁边；他刚才陷入沉静

> 与孤寂太深了，一时弄不清这是怎么回事。他站在那儿眼睁睁地看着布朗跑向火车，纵身一跃，抓住一节车厢末端的铁梯，往上一翻便没有了踪影，像被吸进了真空。火车开始加快速度。他看着布朗隐没的车厢开过来，布朗抓住车厢后部，站在两节车厢之间伸出头来探望草丛。这时，他们的目光正好相遇：一张脸温和模糊，满是血迹；另一张消瘦绝望，扭曲成高声喊叫的模样，声音却被列车的轰鸣淹没了。两张脸像是各在一条轨道上对面晃过，仿佛是幽灵鬼影。（威廉·福克纳，2004f：315）

在福克纳看来，这里的火车似乎并不是能给经济发展带来多少益处的交通工具，而俨然成为一个助人逃脱责任的工具，由此可以看出福克纳对现代工业革命所持的态度。

对于工商业文明的到来，福克纳在创作中也表明了自己的批判态度。在《村子》中，福克纳借助一则寓言塑造了一个受到工商业文明毒害、永远不知道满足的人物形象：

> 因此王子道了歉，安抚了那位老人，向他问道："你给了他什么？"
>
> "诸种满足。"
>
> "而且——？"
>
> "他获得了满足，他说道，对一个只嚼烟草的男人，任何痰盂都行的。"
>
> "接着还有什么？"
>
> "浮华虚荣。"
>
> "而且——？"
>
> "他拥有了它们。他在随身带的箱子里有一罗，是特别从石棉中做出来给他的，还带着没有消停的噼啪声。"
>
> "接着他想要什么？"王子大声问道，"他想要什么？天堂？"老人望着他，一开始王子想，这是因为他还没有忘记自己对他的嘲笑，但是他发现情况不是这样。
>
> "不，"老人说道，"他想要地狱。"（威廉·福克纳，2001：204）

在这段文字中,“只嚼烟草的男人”“随身带的箱子里有一罗”这些显然都在指涉弗莱姆,也就是说,福克纳在通过王子和老人的对话暗示弗莱姆无止境的物质欲望。这样一个欲壑难填的人的最终结局只能是成为失去灵魂的行尸走肉:

> 于是,他们把他带了进来,接着走了出去,把门关上了。虽然他刚才就把大部分的烟从衣服上掸掉了,但这会儿他的衣服依然还在冒着一丝丝青烟。他走向御座,嘴里嚼着东西,手里拎着那个草编箱子。
>
> “什么事儿?”王子问道。
>
> 他转过头来,吐了口烟草,吐出的烟草在地板上很快被烧着了,变成一小团球状的蓝色烟雾。“我为那个灵魂而来,”他说道。
>
> “这么说他们告诉你了?”王子说道,“可是你没有灵魂。”(威廉·福克纳,2001:205)

在寓言的最后,等待这个没有灵魂的人的是万劫不复的结局,这也暗示了福克纳对于弗莱姆的态度。他借助这个十分看重商业利益的商人批判了物质社会让人迷失自我的现象。这个人物最后的结局是死亡,也代表福克纳作为一位人文学者的朴素情怀:正义终将战胜邪恶,物质主义在面对传统文明的时候最终会溃败。

城市消费文化的不断传播对南方居民的影响是显而易见的。南方居民越来越注重自我的享受。在这样一种社会风气中,通过个人奋斗取得成功,从低贱者变成大富翁几乎成了那一时期美国人的信条。在这一价值观念支配下的美国社会,企业家普遍受到尊敬,人人都想创办企业发家致富。这种物质主义导致的一个后果就是农业文明渐渐消逝,现代工商业文明慢慢深入人心,人们为了发财不择手段,甚至互相倾轧。从这个意义上来说,福克纳在作品中展示了消费文化影响下的乡村和城镇居民的思想状态,以及他们内心深处的精神危机。福克纳同样也揭示了随着现代工商业文明和消费文化向美国南方的传播,美国南方居民的价值观和道德观也随之改变。

第三节 生态危机的凸显与对工商业文明的批判

工商业文明的到来极大地促进了南方社会经济的发展，改变了南方社会落后的面貌。但是经济发展同时带来了生态的恶化和改变，一个典型的后果就是沙尘暴。1933 年 11 月，巨大的沙尘从美国扬起，并逐渐弥漫了从得克萨斯州到南德克他州的广袤土地。卡罗琳·汉德森（Caroline Henderson）在《大西洋月刊》（*The Atlantic*）上描述了沙尘过后被尘埃覆盖的土地荒芜的景象（Henderson, 1936），由此可见来势凶猛的沙尘暴对当时环境的破坏。在《八月之光》中，福克纳从莉娜的视角观察到南方农村在 20 世纪上半叶日益恶化的生态环境：

> 这家厂采伐松木，已经在这儿开采了七年，再过七年就会把周围一带的松木砍伐殆尽……有些机器便会留在原地：立在断砖头和杂草堆中的车轮，形容憔悴，扎眼刺目，不再转动，那副样子真叫人触目惊心；还有那些掏空内脏的锅炉，以一副倔头倔脑、茫然而又若有所思的神情支撑着生锈的不再冒烟的烟囱，俯视着到处都是树桩的、肃杀肃静而又荒凉的田野——无人耕耘，无人栽种，经过年复一年的绵绵秋雨和春分时节的狂风骤雨的冲刷侵蚀，渐渐成了一条条红色的堵塞得满满的沟壑。（威廉·福克纳，2004f：2）

从福克纳这些描述中我们能够清楚地看到现代工商业文明在经济和生态方面的影响：树木遭到砍伐，生态遭到破坏，耕地几近荒芜。正如马太·韦恩斯·威尔斯（Matthew Wynn Sivils）所言，福克纳笔下的南方“是一个失衡的生态系统”（Sivils，2006：487）。

虽然福克纳在多部作品中书写了南方的生态环境，但他“算不上环境作家，他在作品中呈现的环境改变只是他关注南方历史转型期文化变革的一个方面”（韩启群，2017：44）；劳伦斯·布尔（Lawrence Buell）认为福克纳的环境伦理观有点模棱两可，说明他“从来就没有形成一套统一的环境伦理”（Buell, 2001：176）。对此，查尔斯·S. 艾肯则认为，虽然福克纳很少抵制改变，认为变化是不以人的意志为转移的客观规律，但他会“对某些景观的改变感到悲叹，包括老密西西比荒野的破坏、他喜爱的古老建筑的毁坏等”（Aiken, 2007:15）。这些研究表明，学界对于探究福克纳关于经济发展和环境保护的观点的兴趣非常浓厚。在笔者看来，福克纳和同时代的重农派作家的立场有所不同，他不反对经济发展和社会变革，但是他对于工商业变革带来的金钱至上主义、道德沦丧持批判态度。这种批判态度集中体现在福克纳作品中的荒原书写和由此体现的荒原意识。

与20世纪的很多作家一样，福克纳的文学创作也受到T. S. 艾略特的荒原传统的影响，他的作品也呈现出“艾略特式的荒原”的风格。第一次世界大战后，西方世界出现精神迷失和迷惘的状态，T. S. 艾略特在其代表作《荒原》中通过各种枯萎、死亡、荒废的意象隐喻了战后的这种精神荒芜。弗雷德·英格利斯（Fred Inglis）认为《荒原》“填补了这个时代精神和美学的空白，它不仅标志着一种奇异性的到来，也意味着道德诊断的来临”（弗雷德·英格利斯，2008:80）。T. S. 艾略特通过废旧物品来隐喻20世纪西方文明解体的美学思想，开辟了20世纪西方文学中的荒原传统。美国学者弗雷里克·J. 霍夫曼（Frederick J. Hoffman）曾经用“艾略特式情绪风靡一时”（弗雷里克·J. 霍夫曼，1994:47）来描述20世纪20年代西方文学的主体气候，表明T. S. 艾略特对西方文学的影响之深远。杰伊·帕里尼等传记作者强调，福克纳的诗歌深受T. S. 艾略特的影响。T. S. 艾略特的影响过于强大，“福克纳这一代年轻诗人无论如何都难以摆脱”（杰伊·帕里尼，2007: 67）。不只是诗歌，福克纳的很多小说也深受T. S. 艾略特的影响。

荒原书写是美国文学的重要传统。荒原不仅仅是环境和物质层面上的，更多地象征了战后人们精神世界和道德层面的荒芜。南北战争给美国人民留下一片满目疮痍的废墟和杂草丛生的荒原。这一时期的作家开创了“荒原作家”一派，他们身处真实的社会环境中，运用直白隐晦的表现手法，思考着南方的文化身份，从而开创了南方文学的荒原传统，进而构建起一个关于南方荒原的文学体系。福克纳是美国荒原文学的又一代表，其作品中的荒原书写继承了美国文学荒原传统，阐释了相关主题，也可以说诠释了南方文学的荒原传统。

在小说《圣殿》开篇不久，福克纳描写了“金鱼眼”和霍拉斯一同前往杰斐逊镇路上的景观：

> 过了一会儿，在黑魆魆的、参差不齐的树丛上方，在日渐暗淡的天穹衬托下，浮现出一座光秃秃的四四方方的大房子。
>
> 这座房子是片废墟，内部破败不堪，兀立在一片未经修剪的柏树丛里，光秃秃的，荒凉无比。它叫老法国人宅院，在内战前修建，是这儿一座有历史意义的建筑物；当初是坐落在一片土地中心的种植园宅院；原来的棉花地、花园和草坪早已还复为荒草杂树，邻近的老百姓五十年来不是把木料一块块拆下来当柴火，便是每隔一阵子暗暗怀着信心去挖掘金子，因为据说格兰特发动维克斯堡战役经过该县时，宅主人曾经把一批金子藏在地下某个地方。（福克纳，2004e：5）

在这座修建于内战前的房子里，到处显露出破败与荒凉，早已没有了往日的辉煌。如果从隐喻角度解读这段描写，破败的建于内战爆发之前的庭院其实隐喻了奴隶制和种植园经济。一块块木料由以往宅院的栋梁变为人们的灶下柴，其命运演变正是奴隶制和种植园经济的真实写照。而小说中后来谭波尔的悲剧也发生在这里，表明老法国人宅院的衰败不仅象征着南方奴隶制经济的衰败，也象征着人的堕落。

类似这样的描写存在于福克纳的多部小说中。在《熊》中，当讲述到艾萨克的祖父的庄园时，福克纳呈现了荒原式的场景：

> ……那栋几乎完全空荡荡的大宅，忽然不声不响地着起了大火，一种悄然的、顷刻之间发生的、没有来源的、一视同仁的燃烧，墙头、地板和屋顶统统在内：日出时，大宅还像舅舅的父亲六十年前盖的时候那样耸立在那里，到日落时，只剩下四根熏黑的、无烟的烟囱杵出在一层白色的轻灰和几根烧焦的木板残片之上，这些残片看上去甚至都不像是非常烫手。（威廉·福克纳，2002c：287）

在这段叙述中，象征着传统种植园文明的大宅“着起了大火”，遭到了毁坏，最后只剩下“木板残片”，过去的一切已经不复存在，这也象征着南方传统文明正在逐渐消逝。

小说《押沙龙，押沙龙！》第四部分康普生讲述内战故事时，昆丁心不在焉地、意识流般地想象着战时的一个个镜头：

> 大门里面原来是个花园，如今一览无余，杂乱不堪，显得粗野荒芜，有一种梦幻般遥远与吃惊的气氛，像是刚从麻药下醒过来的人那张没刮胡子的脸，这片荒地一直延伸到一所大房子的跟前，那里面有个年轻的女子穿着偷偷省下来的碎料缝成的结婚礼服在等待，这大宅也有那种风化剥蚀的荒凉气氛，倒不是给敌方进占过而是成了水灾后流落在一潭死水里一副被遗忘的贝壳——一副空骨架，内里的家具、地毯、亚麻布和银器像涓涓溪流似的慢慢流失，以帮助伤残、痛苦的人死去，他们即使命在旦夕，也都清楚，事已至此，牺牲与受苦都是徒劳的了。（威廉·福克纳，2004i：123）

昆丁的想象呈现的是一派残败的景象。大宅的断壁残垣和花园的荒凉败落隐喻了南方种植园经济和南方没落贵族的历史命运，它们已经不能阻碍历史的发展。大房子的主人显然已经不能掌控房子的命运，它的风化侵蚀也说明其主人风光不再，大宅里的各种器具慢慢减少是为帮助伤残、痛苦的人，但最终是徒劳的，这都昭示着南方原有社会经济制度已经腐朽没落，无论怎样努力都无法回到过去，注定失败。

此外，在小说《去吧，摩西》的第三篇“大黑傻子”中，福克纳描写了大黑傻子的着装和他劳动的土地：

> 他穿着仅仅一个星期之前曼妮亲自为他洗净的褪色的旧工装裤，站在那里，听到了第一团图块落在松木棺材上的声音…… 他正在火头上，扔土一点也不费劲，那个坟丘也就显得是自己长出来似的，好像不是一铲土一铲土堆上去的，而是眼看它从地里长出来的，到后来，除了裸露的土之外，它已经与荒地上所有别的散乱坟丘，那些用陶片、破瓶、旧砖和其他东西做标志的坟丘，毫无区别了。（威廉·福克纳，2004d：123）

福克纳笔下的大黑傻子是黑人,穿的衣服也是褪了色的旧工装裤,其实读者可以看出与奴隶制相关的黑人着装隐喻了旧奴隶制一去不复返了。而那片土地上的那些坟丘、破瓶、旧砖等衰败意象则象征了消逝的社会经济政治秩序。

同样的描写也出现在《押沙龙,押沙龙!》之中。该小说第一章描写了萨德本百亩地的荒原特征:

> 那是个昏暗炎热不通风的房间四十三个夏季以来几扇百叶窗都是关紧插上的因为这房间里(随着房屋这一边太阳越晒越厉害)显现出一道道从百叶窗缝里漏进来的黄色光束其中充满了微尘在昆丁看来这是年久干枯的油漆本身的碎屑是从起了鳞片的百叶窗上刮进来的就好像是风把它们吹进来似的。(威廉·福克纳,2004i:1)

虽然没有标点符号,这段描写却充满了荒原气息。而接下来的描写同样有着荒原书写的色彩。除了飞走前发出“干巴巴的叽叽啁啁的尘土气十足的声音”的麻雀外,还有穿一身永恒不变的黑衣服的科德菲尔德小姐。她不但声音阴郁、沙嘎,而且身上还透着一股“长期设防禁欲的老处女的皮肉发出的酸臭”。这样的描写和《献给爱米丽的一朵玫瑰花》中对爱米丽的描写相像。福克纳也用荒原意象来反映爱米丽的落伍和守旧,如爱米丽房屋里面的怪味道、爱米丽家里的尘土等。

福克纳作品中大量存在的荒原书写继承了20世纪西方文学中的荒原传统,表达了福克纳对工商业文明的强烈批判。虽然福克纳没有像T. S. 艾略特那样着力描写龟裂的土地和枯萎的树木,但是他自己独特的荒原书写技巧在文本中传达出社会变迁的颓废情绪。南方传统文化在北方新兴工商业文明的侵袭下变得不堪一击,突出了现代文明侵蚀下的精神荒芜。在随笔《密西西比》(*Mississippi*)中,福克纳隐晦地表明工商业文明对于密西西比环境改变的负面影响:“现在是20年代中期,在三角洲,棉花业还有伐木业都很蓬勃,但最为蓬勃的还是金钱本身。”(威廉·福克纳,2014:58)

1947年，奥克斯福法院建筑是否保留引发争议，而《奥克斯福鹰报》（*Oxford Eagle*）则发文坚定地支持保留法院这些传统建筑。为此福克纳写信给该报社的编辑，认为该报社"主张保存法院建筑一文精彩至极"，但是他转而又认为报社的主张"注定要失败"，因为再"牢固"的建筑"不如一台现金出纳机响起的铃声"。（威廉·福克纳，2014：207）由此，我们不难发现福克纳对南方历史变迁的批判态度。一方面，他通过荒原书写揭示了南方工业文明和消费文化传播的后果和影响，批判了工商业文明对南方传统价值观的倾轧；另一方面，他对同时期知识分子因噎废食、因为南方生态环境的恶化而抵制技术发展的态度持审慎批判态度。

第四章　美国南方历史语境与福克纳小说中的阶层再现

第一次世界大战后，美国资本主义经济发展迅猛，不仅促成了美国社会产业结构的调整，也带来了社会政治阶层的深刻变革。就美国南方20世纪上半叶前二十年的状况而言，南方工业快速发展催生了南方社会的现代化转型。中产阶级群体的日渐庞大为美国南方创造了构建橄榄型社会所必需的重要条件，进而为新南方社会向现代南方社会转型奠定了阶级基础。和南方传统种植园主阶层相比，以工商业人士、知识分子为主体的中产阶级具有挑战传统的勇气，代表社会进步方向，是20世纪上半叶美国社会文化的引领者。正如约翰·巴克勒（John Buckler）和贝内特·希尔（Bennett Hill）在论述美国20世纪上半叶的中产阶级时所指出的那样，在社会文化塑造过程中，"中产阶级通过某种可以预期的共有行为和道德模式联合在一起"（约翰·巴克勒、贝内特·希尔，1999：69），他们所形成的稳定的、主流的社会价值观引导着社会文明的进步；他们的消费、娱乐和其他活动方式同样引导了美国社会的文化行为，形成了那个时代日益成为主流的美国文化。

作为南方文艺复兴文学中最重要的代表作家，威廉·福克纳的作品中的阶级意识是受到评论界不断审视的。由于福克纳来自南方上流社会，有些研究者在研究福克纳的阶层书写时，认为福克纳和他所代表的南方文艺复兴文学运动从上流社会的立场出发，粉饰、美化乡村风情，缺乏下层阶级的生活体验，体现了"一种话语霸权和对意识形态的操控，对南方生活的展示存在片面性和虚幻性"（Guinn，2000：xi－xii）。这一观点得到了我国学者李杨的认同。在《美国"南方文艺复兴"——一个文学运动的阶级视角》中，李杨指出，"'南方文艺复兴'相当程度上是旧南方白人中上层社会作家们依据所在阶级的人生标准，对南方历史、文化、生活的理解与想象打造的旧南方浪漫传奇，传播了其政治思想与道德准则，不仅缺乏南方黑人的参与，甚至连本种族的贫穷白人也基本被排除在外”（李杨，2011：31）。的确，正如弗莱德·霍布森在该书序言中所言，“20世纪20、30、40年代具有卓越创造力的、硕果累累的南方文学作品在总体上是由特权阶级作家写成”（李扬，2011：2）。但笔者认为，以福克纳为代表的白人特权阶级构成的南方文艺复兴作家在创作中并没有局限于自己所处的社会阶层，而是广泛塑造了来自不同社会阶层、形态各异的人物形象，展示了这一时期南方诸多阶层的生活百态及彼此之间错综复杂的矛盾和冲突。本章结合社会学中的阶层理论话语对福克纳笔下的阶层书写与作家所处时代的阶层结构做进一步探讨。

第一节　阶层理论话语与福克纳笔下的阶层书写

社会分层是社会学关注的一个话题。马克思、韦伯、涂尔干等社会学家从不同角度阐发了社会分层的主要标准。马克思采用一元分层标准，根据不同社会群体对生产资料的占有来划分阶级；韦伯的阶层划分标准与马克思不同，他提出财富（经济地位）、声望（社会地位）、权力（政治地位）“三位一体”的多元分层理论；与韦伯同时代的涂尔干则提出了基于社会分工的职业分层理论，即职业决定阶层。从这三位经典社会学家对社会分层的观点来看，经济、权力、声望与职业是社会分层的核心命题。随着西方社会从工业社会进入消费社会，除了这三位社会学家外，更多的学者对社会阶层展开了研究。以托马斯·凡勃伦（Thorstein Veblen）、齐奥尔格·西美尔（Georg Simmel）、格兰特·麦克拉肯（Grant McCracken）、让·波德里亚[1]（Jean Baudrillard）、皮埃尔·布尔迪厄（Pierre Bourdieu）等为代表的社会学家从不同层面深入分析了在新的历史时期社会阶层的布局和变革。

① 让·波德里亚亦译作“让·鲍德里亚”或“尚·布希亚”。

托马斯·凡勃伦在《有闲阶级论》(*The Theory of the Leisure Class: An Economic Study of Institution*, 1899)中对消费现象进行了深入分析。他发现不同社会阶层有着不同的消费习惯,体现了不同的消费特征。他关注了一类特定的社会群体,即"暴发户"或者称为新兴富豪。他的研究探讨了"暴发户"这类群体获得社会承认和博得荣誉的途径,他们往往竭力模仿欧洲的贵族,进行"炫耀性消费"。他们在消费中一掷千金、出手阔绰,显示出自己对于金钱的控制,从而证明自己的身份和地位。总而言之,这类群体是为了获得一种金钱荣誉,通过物质上的满足和对金钱的控制来获得自尊、自足、自满的感受。因此,"炫耀性消费"成为少数人表现身份、地位的手段,也是光宗耀祖的标志。

齐奥尔格·西美尔在《时尚的哲学》(*The Philosophy of Fashion*, 1997)一文中从阶层间的效仿出发,分析和探讨了下层阶级如何不断模仿与追逐上层阶级的行为模式。他认为,上层社会拥有地位,掌握了大量社会财富,对社会影响较大。这种影响不仅体现在政治和经济方面,也存在于时尚和消费潮流方面。上层阶级的喜好往往被视为时尚,他们的选择会影响其他社会群体。因此,商品生产者会为上流社会准备商品,通过他们来影响较低社会阶层进行消费,最终通过"滴漏效应"(trickle-down effect)①来刺激整个社会的消费欲望,从而带动消费,推动社会经济增长。

格兰特·麦克拉肯在《文化与消费:关于消费品文化意义的结构与转移的理论解释》(*Culture and Consumption: New Approaches to the Symbolic Character of Consumer Goods and Activities*, 1988)中也研究了效仿和时尚的意义。随着经济的发展和消费的扩张,人们的消费模式渐渐从需求消费转向时尚消费,"商品的符号意义越来越丰富"(McCracken, 1988:19)。人们消费时更看重商品的社会属性,商品本身的物理属性则居于次要地位,消费商品成为人们社会地位和身份的象征。

让·波德里亚在他的多部著作中建构了消费社会理论,将商品看

---

① "滴漏效应"指的是社会等级低的人希望通过对地位象征物的占有和展示来效仿社会等级高的人。

成符号,从符号学视角研究了消费社会的消费现象。他认为消费社会里商品具有符号意义,可以用来研究人物的身份。①

皮埃尔·布尔迪厄对消费品与社会阶层的研究与让·波德里亚有些类似。他从历史和人类学角度分析了“品味”,包括人们的衣食住行。皮埃尔·布尔迪厄关于品味的理论揭示了一个思想:品味折射出客观阶级位置的社会等级和文化等级,品味间的冲突折射出阶级冲突。②

福克纳在多部作品中描写了约克纳帕塔法世系小说中的农村和城镇的社会阶层。比如,在《押沙龙,押沙龙!》中,福克纳讲述了约克纳帕塔法县萨德本家族兴起和衰落的故事,描述了南方乡村典型萨德本百亩地在南方历史变迁过程中社会阶层变革的状况;在《圣殿》《村子》中,他以约克纳帕塔法县的另一个乡村——老法国人湾为故事背景地点,描写了南方乡村中不同社会阶层的生活;同样,在《去吧,摩西》中,福克纳讲述了麦卡斯林庄园百年变迁的历史。在福克纳笔下,农村不同阶层的书写成为“整片南方土地的缩影,是整个南方发展和变迁的历史”,如果将它们聚集在一起,“自我相乘再组合起来也就是整个南方了”。(威廉·福克纳,2004d: 7)此外,福克纳还在《掠夺者》等作品中描写了城镇社会阶层。比如,在《掠夺者》中,银行家的孙子卢修斯、汽车司机霍根贝克、黑人用人耐德一起偷偷把银行家的汽车开到了孟菲斯。这三个人物在孟菲斯所经历的一切及他们的所见所闻再现了美国南方城市里社会阶层的众生相。在《大宅》中,福克纳描写了明克返乡的情景。孟菲斯闪亮的霓虹灯、鳞次栉比的高楼让他感觉到非常压抑。在《修女安魂曲》中,福克纳分别用以“法院”“金圆顶”“监狱”等为题讲述了杰斐逊镇在城市化进程中的社会变革。

---

① 让·波德里亚的相关论述可以参见下列论著:让·鲍德里亚. 消费社会[M]. 刘成富,全志钢,译. 南京:南京大学出版社,2000;让·鲍德里亚. 物体系[M]. 林志明,译. 上海:上海人民出版社,2001;让·鲍德里亚. 生产之镜[M]. 仰海峰,译. 北京:中央编译出版社,2005;让·鲍德里亚. 符号政治经济学批判[M]. 夏莹,译. 南京:南京大学出版社,2009。

② 皮埃尔·布尔迪厄的相关论述可以参见下列论著:布尔迪厄. 文化资本与社会炼金术——布尔迪厄访谈录[M]. 包亚明,译. 上海:上海人民出版社,1997;皮埃尔·布迪厄,华康德. 实践与反思——反思社会学导引[M]. 李猛,李康,译. 北京:中央编译出版社,1998;戴维·斯沃茨. 文化与权力:布尔迪厄的社会学[M]. 陶东风,译. 上海:上海译文出版社,2006。

除了相对独立的农村阶层书写和城镇阶层书写外，福克纳还在一些作品中通过某一人物的旅行轨迹将农村和城镇加以并置和对比，揭示南方不同社会阶层的区隔和品位。在《八月之光》中，农村姑娘莉娜在怀孕后遭到情人的遗弃，从亚拉巴马州徒步来到杰斐逊镇寻找腹中孩子的父亲。莉娜在杰斐逊镇停留了十天，遇到小镇不少人。小说通过她这十天的踪迹描写了杰斐逊镇的社会生活，记录了几个主要人物的一生及几代家史。在《我弥留之际》中，女主人公艾迪的愿望是死后葬在自己娘家所在地杰斐逊镇。她的丈夫安斯承诺在其死后将遗体运回远在四十英里外的杰斐逊娘家。一家人一路风餐露宿、历尽磨难，终于到达杰斐逊镇。小说结尾部分从不同人物的视角描述了杰斐逊镇的社会阶层。

福克纳的很多作品中描写的人物分属不同社会阶层，反映了南方农村和城镇的社会阶层状况。这些人物不仅有托马斯·凡勃伦笔下的南方农村"暴发户"形象，也有齐奥尔格·西美尔所指涉的不同阶层之间的流动和效仿。福克纳在作品中描述了日常生活中的衣食住行，这些也是社会各阶层分隔的符号，同样反映了不同阶层的品位。此外，作品中也描写了不同社会阶层间的阶级斗争，揭示了不同阶层斗争的特点及阶层之间流动的内在逻辑。

第二节　农村社会阶层书写

福克纳作品涉及多个虚构的农村，表现了南方农村的阶层变化，包括约克纳帕塔法县的麦卡斯林庄园、萨德本百亩地、本德伦一家在去杰斐逊镇的途中经过的乡村，还有老法国人湾等。布尔迪厄在阶层分隔理论中指出，住房、服饰、食品，甚至包括就餐的方式等，都可以折射出人物的阶层归属，也都是执行物品的区分功能的最明显的标记。《去吧，摩西》中有许多关于食品、住所和商品消费的描写，由此可以推断出这些物品的主人的社会阶层归属。

食品在麦卡斯林庄园是社会阶层区隔的重要标志。《去吧，摩西》较为详细地描述了大黑傻子和曼妮的生活：

……他总是在灯光照耀下起床、穿衣、吃早饭，太阳出来时走四英里到锯木厂去，然后，正好在太阳下了山的一个小时之后，他又回到家中，一星期五天都是如此，星期六除外。星期六中午一点钟之前，他总是登上台阶敲门，既不敲门柱也不敲门框，而是敲前廊的屋檐，然后走进屋子，把白花花的银币像小瀑布似的哗哗地倒在擦得锃亮的厨房餐桌上…… 而曼妮这时就把钱收起来，走半英里路上小铺去买回下星期的必需品，把剩下的钱存在爱德蒙兹的保险箱里。（威廉·福克纳，2004d：126）

大黑傻子每天起床要去锯木厂上班，太阳下山他回家，和曼妮过着日出而作、日落而息的生活。生活虽然十分有规律，但生活质量不高，他们吃的食物较为粗糙。在他们看来，工作五天之后的舒心饭就是“这顿饭里有腌肉、青菜、玉米面包、冰镇在井房里的脱脂牛奶，还有她①每星期六烤的蛋糕”等。这些看起来并不丰盛的饭菜在大黑傻子夫妻眼里已经是一顿舒心饭了。

《去吧，摩西》在其他地方也描述了大黑傻子就餐的方式。他走到锯木厂感到饥饿难耐，借那里的锅炉工的食物吃，举止并没有上层社会那样优雅：

“你的饭盒在哪儿？”他说。可是还不等那锅炉工回答，他就一步越过他身边，把一只锃亮的原来盛猪油的铁皮筒形饭盒从柱子的一根钉子上取下来。“俺光想吃你一块饼，”他说。

“你全部吃掉好了，”那锅炉工说，“午饭时俺可以吃别人饭盒里的东西。你吃完就回去睡觉吧。你脸色不好。”

“俺不是上这儿来让人瞅脸色的，”他说，在地上坐了下来，背靠着柱子，把开了盖子的饭盒夹在双膝间，两只手把食物往嘴里塞，狼吞虎咽起来——仍然是豌豆，也是冷冰冰的，还有一块是昨天星期天炸的鸡、几片又老又厚的今天早上炸的腌肉、一块婴儿帽子那么大的饼——乱七八糟，淡而无味。（威廉·福克纳，2004d：130）

① “她”指的是曼妮。

社会阶层低的群体注重实用型的消费，进餐的目的是消除饥饿，其就餐方式就不会像社会阶层高的群体那样斯文优雅。大黑傻子和明克的就餐方式极为相似。他在问过锅炉工之后没等回答就自己取下饭盒，说明他饥饿难耐。虽然他说只吃一块饼，但他几乎全吃了。吃的时候也是狼吞虎咽，“饭盒夹在双膝间，两只手把食物往嘴里塞”，一副饥肠辘辘的样子。锅炉工盛饭的器皿——一只锃亮的原来盛猪油的铁皮筒形饭盒并不是专门带饭的工具，谈不上精致。锅炉工的饭食都是冷的、隔夜的，“乱七八糟，淡而无味”，由此可以看出他与大黑傻子一样同属社会底层。他们在消费时更注重商品的物理属性，满足基本需求即可，并不注重商品的社会属性。

与大黑傻子相对的则是休伯特先生和布克大叔之类的社会上层人物。布克大叔为找自己的黑奴到了休伯特家里。午饭时间他们的食物与饮酒方式显然与大黑傻子不同。《去吧，摩西》中是这样描写的：

> 休伯特先生和布克大叔干了一杯甜酒……休伯特先生接茬说：“……不过我想布克眼下最需要的还是尝点肉汁，吃点饼干和喝上一杯咖啡。我自己也饿了呢。”……她①举起酒杯抿了一小口，然后端还给布克大叔，这一回布克大叔接下了。（威廉·福克纳，2004d：11－12）

尽管在“大黑傻子”部分也有喝酒场景的描写，但是酒在那里只是御寒的工具而已。休伯特先生、布克大叔和索凤西芭小姐饮酒的目的显然与大黑傻子不同。因此，他们应属于较高的社会阶层。

大黑傻子穿着仅仅一个星期之前曼妮亲自为他洗净的褪色旧工装裤，这显然表明大黑傻子处于社会的底层。对比之下，小说《掠夺者》里在宾福德先生家聚餐时众多客人的穿着却非常华丽：

> 他们在那：瑞芭小姐，科丽小姐，宾福德先生和奥蒂斯。瑞芭

① 这里的“她”是指小说中的索凤西芭小姐。

> 小姐这会儿穿着一身黑连衣裙,又戴上了三颗钻石,也是黄黄的。宾福德先生是个小个子,是奥蒂斯和我之外房间里最小的一位:黑色的礼服,金色的饰钮,浓密的八字须,一条很粗的金表链,一根金顶手杖,常礼圆顶高帽,肘边桌上有一杯威士忌。可是你首先注意到的是他的眼睛,因为你首先发现的是他已经在看你了。奥蒂斯也穿着礼拜服。(威廉·福克纳,2004h:87-88)

瑞芭小姐的黑色连衣裙和钻石,宾福德先生的黑色礼服的饰钮和金表链,说明了他们的社会上层身份。这些物品的物理属性已经远远没有其社会属性重要。因此,除了具有保暖、装饰的物理属性之外,这里的服饰更成为社会群体的社会阶层标记。

老法国人湾是福克纳作品中几个重要的村子之一,出现在福克纳的多部作品中,包括《我弥留之际》《萨托里斯》《没有被征服的》《修女安魂曲》《村子》《大宅》等。老法国人湾的地理位置在《村子》中是这样的:

> ……是由河谷形成的乡村的一部分,土地肥沃,地处杰斐逊镇东南方二十英里的地方。这地方四面环山,地域偏僻,地形明晰可辨,可又没有确切的地界。它向外分别延伸进两个县,却又不归其中任何一个县管辖。(威廉·福克纳,2001:1)

老法国人湾在福克纳小说体系中是一个特定地理空间,这里发生的一切反映了整个美国南方社会的变化。在小说《村子》中,福克纳并没有明确表明老法国人湾的阶层布局,但是如果按照皮埃尔·布尔迪厄的阶层分隔观点,老法国人湾的社会阶层分布是一清二楚的。衣、食、住、行等各个方面都可以揭示出人与人之间的关系和不同人所处的社会阶层。这些在福克纳文本中都有明显的体现,老法国人湾及麦卡斯林庄园的主要人物的消费物品都揭示了人物所处的阶层。

在老法国人湾,福克纳并没有过多描写老瓦纳家的建筑,但是将老瓦纳家住房的地理位置安排在富饶的洼地之中,和其他建筑毗邻。这里的位置不但交通十分便利,而且生活也非常方便,处于农村的繁华地段。此外，福克纳将斯诺普斯家的住址安排在交通不便的坡地上，不仅出行十分困难，而且位置相当偏僻。这和老瓦纳家的住房形成鲜明的对比。正如查尔斯·S. 艾肯(2007)所指出的那样，在新南方时期，房子往往分散在田间，因为农民想离农场近一些，但不想被地主和庄园的管理者时刻监视。乔迪第一次去弗莱姆家时，他骑马经过一条走道：

> 它既不是道路，也不是小径：只是两条平行的、由马车的轮子碾出来的、勉强能辨认出的印迹，今年生长出来的青草和杂草几乎将这两条印迹掩去了。(威廉·福克纳，2001:26)

这条不能算作正常道路的小径通向的是斯诺普斯家租住的房子，直接到达"那座倾斜的、没有台阶的门廊"。而院子则"杂草遍地、乱草丛生"，房屋"风吹日晒、摇摇欲坠"。

斯诺普斯家的房子，无论是外观还是位置，都不是令人向往的居所，呈现出一片荒凉破败的景象，这和老瓦纳家所在的位置和区域形成鲜明对比。透过这破败的居所，我们可以了解到穷人的经济状况。由这段描述可以看出，弗莱姆最初的生活是十分艰难的，与他日后通过种种途径和计谋而实现的飞黄腾达形成鲜明对比。

与此描述相似的还有明克位于山地狭窄地域的家，福克纳在《村子》中借拉特利夫的眼睛描写了明克的居住环境：

> 拉特利夫从它旁边拐了进去——现在走在了一条沟沟坎坎的小径上，在小径的尽头有一座歪歪斜斜的小房，由两个一样的屋子组成，两个屋子是分开的，上面没有门房标号，在他进入的这些山地上的偏僻地段，情况都是这样。小房子盖在一个山地上；在它下面是一个气味难闻、堆满厩肥的围场，还有一个斜倚在山地坡面上的牲口棚，好像人只要用一口气就能把它吹倒。(威廉·福克纳，2001:26)

这些描述显示出 20 世纪上半叶普通白人的经济窘迫状况。查尔斯·S. 艾肯在分析南方贫穷白人的住房条件时指出，尽管农民和支付现金的租户在南方庄园存在很多年，住房条件也得到了一些改善，但农民最好的房子和种植园主的住房相比还是差了很多。（Aiken, 2007）

由此可见，在老法国人湾，不同的人群有着不同的住所。这些人物的房屋所处地理位置有着极大的不同，房屋的质量和规模也有着天壤之别，这些差异都能揭示人物所处的社会阶层。房屋的分布体现了地理区域隔离，也成为人物阶层区隔的重要符号。从这个意义上来说，住所作为人物社会阶层划分的一个重要方面，潜在地说明了老法国人湾的阶层特征。

老瓦纳一家人的穿着都很上档次，但贫穷白人并没有多少衣服可以选择，他们的穿着与老瓦纳一家的穿着对比强烈。乔迪·瓦纳第一次去斯诺普斯家时，首先看到的是斯诺普斯家的女人穿着破旧的衣服，戴着家里男人用过的帽子，"其中一个女人戴着一顶褪了色的太阳帽，另一个女人戴了一顶不成样子的帽子"；而明克家的孩子则穿着亲戚给的衣服，"在寒冷的天气里，两个孩子都可以穿用"；在《花斑马》中，受骗上当的贫穷白人亨利·阿姆斯蒂德到达拍卖马的地方时，人们看到亨利的夫人"身穿一件不成样子的灰色衣服，头戴一顶褪了色的太阳帽"，而亨利本人则"穿着褪了色、打着补丁但干干净净的工装裤"。在文本中，不同人物的衣着服饰反映了他们的经济状况和身份地位。

老瓦纳的生活基本是这样的：他每天不用下地干活，而是在自己家院子里的木制的吊床上打盹儿，晚上常常在厨房里吃着馅饼，时不时地品尝一下家里藏有的纯山地威士忌酒，喝完牛奶后上床睡觉。由此可以看出，老瓦纳在老法国人湾的生活方式较为轻松悠闲。与之形成鲜明对比的是贫穷白人的饮食和就餐方式。在《村子》里，贫穷白人喜欢聚在小约翰饭店中吃一些简单的食物，如面包、奶油、牛排、火腿、炒鸡蛋、馅饼等。他们吃东西时不是细嚼慢咽，而是狼吞虎咽。比如，布克赖特在吃鸡蛋时，把"六个鸡蛋混在一起，搅成乱七八糟的一团，此刻他用勺子吃了起来，嘴里发出响声"。最具有典型意义的是对明克吃饭方式的描述：

> 他开始把炉火生着，把水壶放在火上，从桶里取了一把硬硬的

饭团吃了起来，他从里面嚼出一块小东西，把嚼碎的东西吐出来，把它们放在嘴唇上揉擦：在这样做时，他发现饭已经粘到了他的胡子上，而他把那粘上的饭粒也要吃了，他用手指把嚼着的嘴四周的饭粒都抓下来吃掉。（威廉·福克纳，2001：26－27）

从上面所举的例子来看，福克纳笔下贫穷白人在享用食物和就餐方式上主要体现的是需求本位。他们在吃饭时不过分在乎周围的环境是否高雅和所吃食物本身的制作是否精致。相反，他们吃饭时非常自由随意，没有任何的礼仪顾忌，往往一边吃饭，一边大声说话。他们吃饭时也不会规规矩矩地守在饭桌旁，要么蹲着，要么站着。而且，从明克吃的剩饭团和饭粒的细节描写来看，贫穷白人注重食品的实用功能，只要能填饱肚子就行，不过分注重营养。这种需求品味也同样体现在服装上，贫穷白人因为常年在地里劳作，他们对服装的要求很低，基本是实用性的需求。因此，大多数穷苦白人穿的衣服耐磨耐脏，不容易坏，一般选择蓝色或灰色上衣。而老瓦纳家的服饰则体现了奢侈的品位，显示出身份的不同。老瓦纳家的生活质量很高，衣着华丽，家里拥有黑奴，住房宽敞，孩子可以接受良好的教育。在吃、穿、住等方面的优越和用餐方式的优雅都显示出老瓦纳家在老法国人湾属于社会上层。

社会中处于较低位置的阶层会模仿处于较高位置的阶层，位置较高的阶层在消费方面引导社会时尚。福克纳在书写乡村的社会阶层时还提到了不同阶层之间的效仿。当讲述阿比·斯诺普斯和佩特·斯坦泼进行马匹交易时，小说喜剧性地再现了斯诺普斯太太对拥有牛奶脱脂器的羡慕，因为这是南方上层社会人士使用的。当丈夫阿比被佩特欺骗，买了一只无用的马时，斯诺普斯太太唯一关心的只是她的牛奶脱脂器，因为有了这个机器，她就可以像老法国人湾里上层社会的太太一样做出精美的牛奶饮品。但是购买牛奶脱脂器的过程可谓是一波三折，当得知阿比没钱买回牛奶脱脂器时，斯诺普斯太太伤心地大哭起来：

那时我在他们身边已有好长时间了，可我以前从未见到她哭过，她看上去像那种无论怎么说也不是经常哭的人，因为她哭得很伤心，像是她不知道究竟应该怎么办，好像眼泪从来也不清楚它们是怎么流出来的一样，她站在那里，穿着一件旧睡衣，甚至连她的脸也没用手掩着。（威廉·福克纳，2001:60）

但是，当脱脂器最终买回来时，斯诺普斯太太又由悲转喜，变得“平和安详”。接下来小说讲述了斯诺普斯一家人得到牛奶脱脂器——上层社会太太们使用的器具后的满足感：

……我们又一次听到了脱脂器的转动声。它的声音听上去依然强劲有力，像是它能使牛奶飞舞起来一样，像是它根本不在乎牛奶是脱脂一次还是一百次。“那玩意儿又转动起来了”，阿比说道。“别忘了明天再多带一加仑来。”

“不会忘的，先生，”我说道。我们听着它的动静。因为它那时没有变坏。

“看起来她打算从脱脂器中得到无尽的乐趣与满足，”他说道。（威廉·福克纳，2001:62）

从斯诺普斯家购买牛奶脱脂器的事件可以看出，南方上层居民使用的物品对于较低阶层的人有着极大的诱惑力，进而引起下层居民争相拥有，他们想通过拥有上层社会使用的器物来改变自己的社会地位或者身份。从这个意义上来说，上层居民使用的牛奶脱脂器成了阶层区分的符号之一，也是美好生活的代表物品，其社会属性激发着人们的欲望。

在这样一个农村，社会阶层间效仿都如此突出，由此可见工商业文明对南方偏远农村的影响。人们越来越关注商品的外在意义，通过自己拥有物品的多少或贵贱来证明自己的价值和阶层属性，从而获得满足感。在这一过程中，商品被符号化，其内在功用被放在了次要位置。

阶层效仿同样也发生在小说《我弥留之际》中。作为现代物品的留声机多次出现。留声机被认为是“会说话的机器”，于 1877 年由爱迪生发明。在当时的历史语境中，并不是每个家庭都可以拥有一台留声机，只有社会上层家庭才有能力购置留声机。《我弥留之际》中，卡什和朱厄尔讨论过通过分期付款的方式购买一台留声机，卡什甚至寻思花五块钱可以把苏拉特的那一台买下来。小说是在安斯介绍自己新娶的老婆的情节中结束的。其中有一个细节值得注意，那就是"穿得漂漂亮亮像鸭子模样的女人"的一个提箱，卡什看清了那是一种轻便小留声机。

他们一家对留声机特别向往：

> 他就停在那里仿佛他预先知道似的，就停在传出音乐的小小的新房子前面。我们等候在那里，听着音乐。我相信我可以杀苏拉特的价，压到用五块钱把他的那台唱机买下来，音乐就是令人心旷神怡。"说不定这家人家有铁锹，"爹说。
>
> "你要朱厄尔去呢，"达尔说，"还是我去更合适？"
>
> "我看还是我自己去吧，"爹说。他爬下去，走上小道，绕过房子朝后面走去。音乐声停止了，接着又响了起来。
>
> …………
>
> 只不过已经超过十分钟了。音乐声停止了，好一会儿都没有重新开始，她跟爹在房子里面谈着。（威廉·福克纳，2004c：204－205）

安斯去借铁锹时音乐响起，大约十分钟过去他都没有回来，在音乐停下好一会儿后才听到他与达尔的谈话，这说明他在听音乐。在护送妻子艾迪的遗体到杰斐逊镇的旅途中，安斯居然仍有闲暇聆听"小小的新房子"传出的音乐，足见留声机对他的诱惑是多么大。李文俊在《我弥留之际》译序中提到，福克纳研究学者米尔盖特和布鲁克斯认为：应该把《我弥留之际》作为寓言来读，不应那么实、那么死地把本德伦一家视为美国南方穷苦农民的"现实主义现象"，他们在一定意义上是全人类的象征，他们的弱点与缺点是普通人身上存在的弱点与缺点，他们的状态是人类的普遍状态。（李文俊，2004：4）

如果将本德伦一家送艾迪回杰斐逊镇的经历看作一次朝圣之旅，那么充满物质主义的消费欲望就可以看作蛊惑他们的"夏娃的诱惑"。

此外，本德伦一家使用的交通工具只有马车，艾迪和几个孩子出行大多数依赖骑马而不是驾驶汽车。他们对留声机的迷恋和对交通工具的选择体现出本德伦一家在约克纳帕塔法县处于社会底层。

社会上层所拥有的财富和较低阶层拥有的财富形成鲜明对比，这种贫富差距也容易导致较低阶层对于较高阶层的嫉妒，增添彼此的仇恨和对立情绪。在《烧马棚》中，贫穷白人阿比·斯诺普斯在与富人德·斯佩恩争斗时，选择的方法是破坏他的财产，将“脚上剩下的马粪全都直接擦在了那张上百美元的地毯上”；当德开枪打伤了阿比的腿，导致矛盾升级时，阿比烧毁了德家的马棚。在南方农村，马棚也是粮仓，里面往往储存了很多粮食。从这个意义上说，毁掉马棚比烧掉一个房子造成的损失更为严重。

社会学家皮埃尔·布尔迪厄把资本分为三种，即经济资本、文化资本和社会资本。经济资本主要指的是拥有的财产，可以直接转化成金钱，如住房等；阿比和德之间实际上是围绕经济资本展开的斗争。而文化资本指的是通过教育获得的某种资格，可以转化为经济资本，如学历和文凭。社会资本是和社会义务联系在一起的，常常表现为某种高贵的头衔。社会资本和文化资本一样，也可以转化为经济资本。布尔迪厄在区分资本类型后，又将资本和权力相联系，资本的总量和构成决定了行动者在一定社会空间中的占位，同时也决定了行动者的权力。同样，围绕资本争夺而进行的斗争也是一种权力斗争的方式。

根据布尔迪厄关于资本概念的阐释，阿比和德之间主要是经济资本的斗争。从这点来看，阿比通过毁坏富人的物品来泄愤，实际上是想通过破坏德的经济资本来削弱他的权力和空间占位。在这个意义上，烧马棚情节并不是简单的复仇，而是可以理解为南方农村不同阶层之间冲突的集中体现。

通过上述的分析，我们对福克纳笔下南方农村的社会阶层分布可以窥见一斑。住房、食物及就餐方式的书写都在暗示南方农村的阶层区分和特点。而贫穷白人在日常生活中对于上层社会人士的生活用品的渴望也体现了他们对于上层居民生活方式的效仿。南方农村的阶层冲突主要以经济资本的争夺和破坏为主。这些贫富阶层之间的斗争和冲突也暗示了南方农村阶层秩序的特点。在社会阶层话语体系中解读作品，读者不但可以更好地理解作品中主要人物的心理身份和行为动机，也可以增进对作品本身审美价值和主题意蕴的理解。

第三节　城镇社会阶层书写

内战结束后，美国南方铁路交通的迅速发展促进了南北方的经济联系，不断增加的铁路交通网为南方城镇的发展注入了快速发展的动力。在城镇生活的农场主、银行家、律师、医生等精英阶层逐渐掌控了城镇生活的方方面面，不仅控制了城镇的经济命脉，在城镇的政治生活中也扮演了重要的角色。南方社会经济的发展吸引了北方从业者来到南方，北方的一些“毛毡皮包客”[①]选择来到南方城镇寻求发展机会，促进了南方社会产业结构的调整和阶层结构的重组。城镇精英进行政治统治的模式成为20世纪上半叶美国南方城镇的重要文化现象。

在福克纳多部作品中，杰斐逊镇是文本叙事的地理背景，镇上有书店、影院、咖啡馆等各种消费场所。在表现杰斐逊镇的阶层特点时，福克纳没有过多强调人物间贫富差距导致的矛盾，而是塑造了大量中产阶级人物形象，不吝笔墨地书写了城镇居民的生活方式。而且随着大众文化在城镇的兴起，城镇里的中产阶级纷纷效仿大城市的时尚生活方式。社会阶层之间的斗争此时也不只表现为破坏对方财产或者提升自己的经济资本，还包括一种更为隐蔽的方式：符号斗争。

福克纳在描写杰斐逊镇的阶层特点时，也通过小说中人物对各种消费品的占有和使用来暗示人物所处的阶层。在《喧哗与骚动》中，杰生和昆丁在讲述各自的经历时，不断提到汽车及汽车的品牌。杰生所开的福特车暗示了新一代康普生家族成员在城镇里的中产阶级地位；在小说《圣殿》中，“金鱼眼”开的是帕卡德牌汽车，证明“金鱼眼”有一定的阶层地位，而这也是爱慕虚荣的谭波尔上当受骗的原因之一；在《城镇》中，曼弗雷·德·斯潘使用的是红色敞篷车（E. M. F. Roadster），是一款主要出现在20世纪前二十年的车，主要由Barney F. Everitt、William E. Metzger、Walter E. Flanders三个人出品，所以汽车的

---

① 从北方到南方的投机客把所有的家什都放在毯制旅行袋里，因此被称为“毛毡皮包客”（carpet bagger），具体参见：Brown, C. S. *A Glossary of Faulkner's South*[M]. New Haven & London: Yale University Press。

名字也取自这三个人的姓的首字母（Horton, 1996）；后来斯潘又换了一辆新的别克汽车，证明了其在杰斐逊镇属于社会上层。

同样，《喧哗与骚动》中，昆丁描述了他乘电车到波士顿后发生的事情：

> 我乘车进城，来到派克饭店，吃了一顿丰盛的早饭……吃完早饭，我买了一支雪茄。柜台上的姑娘说五角[1]钱一支的那种最好，我就买了支五角的，我点着了烟来到街上。我停住脚步，一连吸了几口烟，接着我把烟拿在手里，继续向街角走去。我经过一家珠宝钟表店，可是我及时地把脸转了开去。到了街角，两个擦皮鞋的跟我纠缠不清，一边一个，叽叽喳喳，像乌鸦一样。我把雪茄给了其中一个，给了另一个一枚镍币[2]。他们就放过了我。拿到雪茄的那个要把它卖给另外的那个，想要那枚镍币。（威廉·福克纳，2004b：92）

昆丁占有的物品和他的消费行为说明了他处在社会上层。昆丁吃早饭的派克饭店（Parker's Restaurant）始建于1855年，在波士顿是社会名流聚集的地方。约翰·肯尼迪在此宣布参加国会竞选，也在此向未婚妻杰姬·肯尼迪求婚。这里并不是一般居民可以消费得起的，而昆丁选择在此吃早餐，足以说明他的社会阶层归属。此外，昆丁花费五角钱购买了较为昂贵的雪茄，支付了五分钱来请人帮他擦皮鞋。这些细节都凸显出昆丁的消费水平绝不是社会底层可以达到的。而杰生叙述乡村里居民去杰斐逊镇看戏的语气透露出其对乡村居民的嘲讽：

> 乐队又演奏起来了，声音很响，节奏很快，像是马上要爆炸似的。我想这下子观众应该满意了吧。这样一来，他们一路赶车走十四五英里地回家，连夜喂牲口、挤牛奶时，脑子里没准就可以有点音乐声萦绕不散……他们还可以这样计算，如果一个人有五个

---

① 此处的“五角”为英文中的 fifty cents。

② 此处的“镍币”约为五分钱，为英文中的 five cents。

孩子、七头骡子，他只花两毛五就等于让全家都看到戏了。（威廉·福克纳，2004b：264）

杰生认为，乡村居民花钱看戏，一定要充分利用付出的钱，甚至将牲口都拉来看戏，这样他们看戏的票钱才算物超所值，其叙述语气显露出对于乡村居民的蔑视与嘲讽。由此可见，作为人物所处阶层的醒目标记，日常用品与人的经济地位有着直接的指涉关系，体现了使用或占有该日用品的人物的经济状况。

从日常用品的占有情况来看，南方城镇表现出与农村并不完全相同的文化氛围和阶层区分。但是，南方城镇的阶层区分方式比南方农村更加多元化。换言之，城镇的阶层区分更多地和社会资本、文化资本相关联，通过文化团体或属性来区分。福克纳在多部小说中提到了杰斐逊镇出现的社会团体，如妇女联盟和退伍军人联盟。在《城镇》中，加文的双胞胎姐姐经常参与公共活动，包括组织妇女团体活动；在《大宅》中，琳达从战场回来后参加了退伍军人联盟。小说中的人物社会身份除了社会阶层可以标注之外，也常常以人物所在社会团体的会员身份来体现。城镇也有社会上层，主要是工商业阶层的精英，如银行行长、商业巨头等。他们中有不少是种植园主的后代，也有依靠祖辈雄厚资本的传统家族；但是更多的是普通阶层，其中很多通过接受良好的教育来获得向社会上层流动的机会。此外，《掠夺者》中还描写了不同人物的阶层流动方式。

出现在福克纳多部作品里的加文是通过教育实现阶层流动的典型代表。杰斐逊镇的市长斯潘和加文的地位比较类似。两人都一度位居城镇上层，但是两人的阶层流动轨迹有所不同。可以肯定地说，高学历对于加文的阶层提升起了决定作用。相比较而言，在斯潘的阶层流动过程中起作用的因素则更为多样化。斯潘有着良好的家庭背景，家族的影响和遗产在他发展上的作用不容忽视。他读了当时赫赫有名的西点军校，还上了战场。但最重要的是他脸上的伤疤为他带来的社会资本。在两次世界大战期间，去战场杀敌立功是很多年轻人的梦想，而且上战场的经历也会为今后的人生发展加分。如果在战场上光荣负伤，留下一些伤残什么的，那就更会受到人们的尊敬，会大大提升自己的竞争力。自美国内战后，参加过战争的退伍军人都是人们尊敬的英雄，尤其身体上留下了战争的痕迹，比如受伤之类。这一传统一直延续到第二次世界大战结束后。所以，很多福克纳的传记都会提到福克纳在加拿大加入英国皇家空军的事：从没上过战场的福克纳为了制造自己上过战场的假象，常常会假装跛腿，以赢得大家的尊敬。因此，从这个背景来看，斯潘获得了市长的职位，靠的不仅仅是家族的影响和遗产，他脸上的伤疤显然为他带来了社会资本，对其升迁起了很大的作用。

由此可见，文化资本和社会资本成为杰斐逊镇重要的阶层流动要素，帮助人们获得权力和话语。相比较而言，福克纳笔下的南方农村主要呈现了典型的贫穷和富有两极分化，而南方城镇则呈现出橄榄型特征，即中间阶层占据了很大的比例。这些中间阶层大部分是城镇的中产阶级。

在《喧哗与骚动》《掠夺者》《城镇》《坟墓的闯入者》等作品中，福克纳塑造了杰生、加文、拉特利夫、加文的姐姐、德·斯潘等城镇中产阶级形象，而且还多处提及城镇居民的现代生活方式。此外，福克纳也在《我弥留之际》《圣殿》中，通过人物的旁观间接描写了杰斐逊镇不同阶层的生活：城镇居民除了工作外，每天有很多时间从事休闲娱乐活动，如看报、喝茶、打球等；到了晚上，人们也不会寂寞，因为可以和家人一起去看电影，也可以带着心爱的宠物出去溜达。

福克纳笔下的杰斐逊镇的中产阶级人物形象折射出 20 世纪上半叶中产阶级的崛起。丹尼斯·吉尔伯特和约瑟夫·A. 卡尔认为在 1870—1910 年社会转型的四十年里，美国之所以能形成庞大的中产阶级群体，是因为这一时期经济的迅速发展促成了中产阶级队伍的壮大。“1870 年以来职业结构变化的根本原因是美国由农业社会向工业社会过渡，最后进入了后工业社会。”（丹尼斯·吉尔伯特、约瑟夫·A. 卡尔，1992：88）事实上，在 20 世纪上半叶，随着美国社会经济的发展和工业结构的变化所带来的职业结构的改变、高等教育的快速发展、民权运动导致的妇女和黑人的广泛就业，新中产阶级也快速地成长和壮大。在多部小说中，福克纳提到了杰斐逊镇上很多新职业的出现。和那些从事劳动密集型、处于较低社会阶层的蓝领职业者相比，中产阶级不仅有相对较高的收入和较多的晋升机会，还有较好的社会地位。在福克纳笔下，律师加文、政府管理人员斯潘、商业代理商拉特利夫等构成了中产阶级，体现了20世纪上半叶新中产阶级的兴起，反映了美国进步主义运动时期的阶层区分。

福克纳在多部小说中塑造了以加文和拉特利夫为代表的白人中产阶级的正面形象，如匡扶正义、有强烈的社会责任心，但是他同样书写了城镇阶层之间的斗争。南方农村的阶层斗争主要是围绕贫富差距的争斗，如《烧马棚》中毁掉粮仓。而杰斐逊镇的阶层斗争形式和南方农村阶层的斗争形式有所区别，主要有两个特征：一种是围绕占有的日常用品展开的符号斗争，尤其是炫耀性斗争。在小说《城镇》中，由于不满加文与琳达的接触，琳达的男朋友开车在加文家附近炫耀，想要借此压倒加文：

> 我们可以听到车喇叭声，步点都不差：哒哒哒哒哒哒，声音变得越来越大。“我们一起去那里吧！”可是时间太晚了。我们仍然可以听到汽车的喇叭声，清清楚楚，哒哒哒哒哒哒，一点都没有漏掉。而且声音变得越来越大，然后从房子边上绕了过去，尽管声音逐渐慢慢远去，可是声音还是可以听到，还是那样一点都没有漏掉，琳达又望了望母亲，看着她，露出一丝丝绝望。因为那个——绝望——也已经消失了，但那也消失了，她的表情又再次变得僵硬起来。（Faulkner，1957c：195）

另一种斗争是商业斗争。在《喧哗与骚动》中，福克纳讲述了杰生在杰斐逊镇如何不择手段地获取商业利益；而在《八月之光》中，福克纳也通过莉娜的所见所闻讲述了城镇的商业斗争。如果将这些行为置于特定历史时期的社会进步运动的背景中来考察，我们则可以深入洞悉和理解《城镇》《大宅》中的阶级构成和区分逻辑。

归纳而言，福克纳在很多作品中以美国南方偏僻乡村和城市化进程中的城镇为背景，描述了工业文明和文化冲击下的乡村和城镇中的不同阶层，展示了美国南方社会文化变革时期社会各阶层居民的生活及精神状态。工业化和城市化过程中，乡村和城镇需要完成社会转型：从农业社会以传统生活为主向开放的城市化生活转型，从传统的、几乎是自给自足的封闭经济模式向资本主义商品经济转型。这两种转型过程中往往会产生种种矛盾，除两种经济模式和文明样态之间的冲突之外，社会阶层的流动也会产生冲突，进而造成阶层斗争。社会阶层书写成为福克纳试图描述那些工业文明和文化冲击下的南方社会变迁的一种媒介。从福克纳作品中农村和城镇的阶层再现入手研究美国南方社会自内战结束至20世纪60年代的变迁，不但可以深入理解特定时期南方社会的历史语境，也可以从更深层面研究福克纳笔下不同社会阶层人物的观念和身份。

第五章　美国南方历史语境与福克纳小说中的人物刻画

福克纳的约克纳帕塔法王国中，分布在不同阶层的人物随着时间的推移慢慢成为历史发展过程中的个个瞬间，他们一生故事的发展反映了南方社会的变迁。这些被福克纳赋予生命和灵魂的人物形象活跃在文学世界中，对于表现小说主题有着不可或缺的作用。在《喧哗与骚动》《献给爱米丽的一朵玫瑰花》《押沙龙，押沙龙！》等作品中，福克纳塑造了康普生家族、爱米丽、萨德本等旧南方贵族人物形象；在《八月之光》《我弥留之际》《村子》等作品中，他塑造了莉娜、弗莱姆、安斯等贫穷白人形象；在《坟墓的闯入者》《让马》《修女安魂曲》《城镇》等多部作品中，福克纳还塑造了很多在美国20世纪上半叶崛起的中产阶级形象，包括杰生、海托华、拉特利夫、加文等。这些人物被打上了所在阶层的烙印，他们的经历也再现了这个阶层在社会文化变革期的种种表现。其人生发展上升曲线诠释了社会新兴力量曲折发展的过程。这些人物的身份书写在一定程度上反映出福克纳对于社会发展的态度。

作为文学批评的一个重要概念，“身份”（identity）主要强调的是人物归属于何种群体、具有何种角色、具有何种特征。阿瑟·埃萨·伯格（Arthur Asa Berger）在研究“身份”时对这个概念做了阐释：“对很多人来说，身份通过各种方式构成，包括种族、宗教、性别、体型、教育背景、个性、职业。所有这些要素都涉及一点，即归属于某一群体、某一文化，成为其中一分子。当我们问自己‘我是谁’，我们实际上是和很多社会学家一样，在问‘我属于哪个群体’。”（Berger，2009：159）从上述阐释可以推导出身份主要包括三个层面：一是社会的客观身份，指个体归属于不同的社会群体及与社会相关的显著归属特点，如性别、社会阶层或族群；二是本性或主观身份，指的是人的个体特征、特性和喜好的独特组合；三是自我身份，指的是个体知道他们是谁及如何适应这种身份时的感觉，个体从中获取稳定感和继续保持这种身份，以帮助他们的外貌及行为维持原来的样子。

除了阿瑟·埃萨·伯格外，伊恩·伍德沃德（Ian Woodward）也对“身份”给出了自己的阐释：“身份是一个现代概念结构，在社会科学和行为科学中主要用来指人们在群体中区别于他人作为个体的感觉。在最基本的层面，我们可以说身份指的是社会决定的人们关于‘他们是谁’的感觉——就像‘他是谁’这样的社会声明。”（Woodward，2007：134）由此可见，身份指一个人自我区别于他人的特点，如人格特点、价值观、消费观念。换言之，身份就是个人之所以成为不同个体且有别于他人的特点或者属性。伊恩·伍德沃德认为具体的身份特征既包括“个人作为独立个体的那种感觉及肉体和精神品质，也包括个人在社会中的地位，尤其是在不同地点和时间个体可以承担和展现的各种不同社会角色”（Woodward，2007：134）。

归纳来看，身份主要指涉特定个体的特征，既包括所属的社会群体，如性别、种族、阶级身份，也包括个体自己的心理特征。本章借助与身份相关的文学批评话语，重点分析福克纳作品中人物的身份特征。福克纳作品中的人物出现在不同的地点，演绎了不同的故事，有着不同的地域空间，看似毫无联系，但共同之处在于他们故事发生的历史背景是一致的，即都处于美国南方社会从内战结束至20世纪60年代，都折射出南方社会在这一社会文化变革时期的面貌。本章将重点分析《献给爱米丽的一朵玫瑰花》中的爱米丽·格里尔森和《坟墓的闯入者》中的加文·斯蒂文斯的形象，结合文本细读探讨福克纳如何将笔下的人物塑造与特定历史语境相联系，以及人物的身份特征如何呼应了时代发展的脉搏。

第一节　爱米丽·格里尔森：旧南方贵族的没落

在福克纳所有短篇小说中，《献给爱米丽的一朵玫瑰花》几乎是学术界关注最多的一部作品，也是福克纳所有作品中最早翻译到我国的一部经典小说。相关研究主要集中在主题分析、叙事技巧、人物刻画、时空观、心理分析等方面。由于这部短篇小说塑造了一个怪异的老处女形象，因此有些学者将爱米丽和查尔斯·狄更斯《远大前程》（*Great Expectations*）中的赫薇香小姐相联系，认为这些作品都有着哥特小说的元素，如“疯女人、旧式空旷的大宅邸、一个悬疑的故事情节”（张柯等，2010：1）。作为世界经典短篇小说，《献给爱米丽的一朵玫瑰花》短小精悍，篇幅尚不足五千字，却以深刻的思想、丰富的内容和奇特的写作手法给人们留下深刻印象。小说采取了意识流和哥特式的叙事手法，结构严密。这篇小说塑造的主人翁是一个令人难忘的旧南方没落贵族形象——爱米丽·格里尔森。

小说由五个小节组成，从爱米丽的死亡开始，又以她的死亡结束，故事的时间叙事顺序完全被打乱。该小说以第一人称复数视角叙述，讲述了出身于南方贵族家庭的爱米丽离群索居、古怪诡异的一生。爱米丽从小受父亲操控，即使到了谈婚论嫁的年纪，父亲也不让镇上的年轻人追求自己的女儿。他赶走了所有接近她的年轻人，以致爱米丽错过了结婚的最佳年龄。爱米丽对待自己父亲的态度也颇令人匪夷所思：她居然不让人抬走父亲的遗体。这一细节也为后来爱米丽把情人荷默的尸体藏在自己的卧室埋下了伏笔。爱米丽父亲死后，福克纳在小说中继续用城镇居民的视角观察了爱米丽的人生轨迹。镇上的人们首先发现爱米丽和北方来的工程队的荷默恋爱了，并且他们经常一起在街上出现。荷默的出现给爱米丽的生活带来了些许生机。后来荷默却莫名其妙地从镇上消失了，与此同时镇上又出现了爱米丽在药店购买毒药的传闻。爱米丽在镇上居住，她把自己关在那栋与周围建筑都不相协调的木屋里。爱米丽的一切对镇上居民来说就像谜一样，而这个谜底一直到爱米丽去世的那一天才揭开。镇上居民震惊地发现荷默的尸体被藏在她楼上的房间里，而且爱米丽还一直和荷默的尸体睡在一起。人们这才明白爱米丽家中的恶臭源自何方。小说在谜底揭开之时也戛然而止，给读者留下了无限想象的空间。

爱米丽的一切与她周围的环境格格不入。从小说叙述视角来看，福克纳以第一人称复数视角作为叙述视角，将小镇居民与爱米丽从人物指称上区分开来，这本身就说明了爱米丽的孤立处境。虽然南方已经开始进入20世纪，但爱米丽仍然沿袭了旧贵族的生活方式。作为南方没落贵族的代表，爱米丽无疑代表了美国旧南方的没落和种植园经济的消逝。对此，评论界已经从不同角度将爱米丽与旧南方的没落相联系，挖掘爱米丽这一形象的艺术价值。

福克纳在塑造小说人物方面善于运用一切手段。对于这样一个没落贵族，福克纳在具体描写的每一处都在突出这位没落贵族的孤独、守旧、古怪和不合时宜，这是一个巨大的隐喻。就连在直接描写爱米丽这个人物时，福克纳选用的也是一些生僻过时的词汇，以此来衬托人物的身份特征。虽然评论界已经借助各种理论挖掘爱米丽这一人物形象的心理身份，但是福克纳究竟在小说中是怎样从不同侧面来表现爱米丽的南方没落贵族身份的呢？本小节主要结合小说中的细节书写来研究爱米丽的身份特征。

小说在一开始就书写了爱米丽的住所：

> 那是一幢过去漆成白色的四方形大木屋，坐落在当年一条最考究的街道上，还装点着有19世纪70年代风味的圆形屋顶、尖塔和涡形花纹的阳台，带有浓厚的轻盈气息。可是汽车间和轧棉机之类的东西侵犯了这一带庄严的名字，把它们涂抹得一干二净。只有爱米丽小姐的屋子岿然独存，四周簇拥着棉花车和汽油泵。房子虽已破败，却还是桀骜不驯，装模作样，真是丑中之丑。现在爱米丽小姐已经加入了那些名字庄严的代表人物的行列，他们沉睡在雪松环绕的墓园之中，那里尽是一排排在南北战争时期杰斐逊战役中阵亡的南方和北方的无名军人墓。（威廉·福克纳，2004a：41）

这段描写出现在小说的开头，意义非常深远。小说中爱米丽的住房意象和她的心理究竟存在怎样的关联，又是怎样体现爱米丽作为南方没落贵族的特征呢？笔者认为，爱米丽的住房集中表现了一点，即居住在这一住房里的主人的衰败和孤独。

爱米丽的住房是“一幢过去漆成白色的四方形大木屋”，“还装点着有19世纪70年代风味的圆形屋顶、尖塔和涡形花纹的阳台”，这些与周围的现代化汽车间、轧棉机之类的东西显得格格不入。可见，福克纳使用“汽车间和轧棉机”“棉花车和汽油泵”等现代工业文明的标记来暗示工业化、城市化已经在美国南方展开，从中可以看出工业发展给美国南方带来的许多历史巨变。爱米丽的房子尽管坐落在杰斐逊小镇，却靠近南面的联邦烈士墓而远离闹市区。房屋的位置显示出爱米丽与小镇居民的隔离，她似乎是一个活在过去的朽物。镇上居民都从满是曲折街道的老城区迁到了新兴工业区，只有爱米丽独自和她的房子留在那里，似乎是在守护逝去的辉煌。

从房屋的外观来看，“装点着有19世纪70年代风味的圆形屋顶、尖塔和涡形花纹的阳台”这种建筑风格和旧南方哥特式风格相联系，也体现了房屋主人的守旧意识。这一切都在告诉读者，爱米丽对周围发生的一切变革熟视无睹，仍然生活在对旧南方的记忆之中。爱米丽并不希望融入当时的主流生活，仍然在留恋往日属于她的旧时光。在现代工商业文明的冲击下，随着种植园经济的衰落，杰斐逊镇发生了翻天覆地的变化。镇上几乎所有人都接受了现代文明，只有爱米丽对这种变化无动于衷，把自己隔绝在一个离群索居的世界中。爱米丽的住房似乎变成了一个拒绝变革的堡垒。

住房紧闭的前门也是一个重要意象。小说中多处强调了爱米丽住房的大门紧闭：

> 除了一个花匠兼厨师的老仆人之外，至少已有十年光景谁也没进去看看这幢房子了。（威廉·福克纳，2004a:41）。

爱米丽关闭大门，切断与外界的联系，对杰斐逊镇居民对她的议论毫不在乎，试图利用沉默和孤独应对周围发生的一切。给镇上居民留下深刻印象的是黑人老奴托比，他偶尔拿着一个购物篮出去，这似乎是爱米丽和外界的唯一联系，而托比也是爱米丽家中唯一的生命迹象。而爱米丽去世后，托比在当天也消失了。显然爱米丽家拥有黑奴，这可以被看成旧南方的象征，因为蓄奴本身就是旧南方延续下来的传统。而黑奴托比的最后消失这一意象说明了爱米丽的去世，她背后的旧南方的秩序也彻底结束了。

象征爱米丽的离群索居与孤独过时的还有她那终日封闭的卧室。正如福克纳在小说的结尾所写：

> 我们已经知道，楼上那块地方有一个房间，四十年来从没有人见到过，要进去得把门撬开。（威廉·福克纳，2002a:51）。

镇上人对爱米丽的卧室的好奇也加深了故事的悬念。很难想象爱米丽不但把卧室紧锁了四十年，还将荷默的尸体锁在封闭的卧室里。杰斐逊小镇居民对这样一个"传统的化身"，在有所敬畏的同时也感到害怕。由此可见，封闭的卧室是对爱米丽的孤独最深刻的刻画，表明她对旧南方秩序的眷顾，也集中体现了她没落腐朽的旧南方贵族身份。

小说中还提到爱米丽的父亲和爱米丽的合影：

> 长久以来，我们把这家人一直看作一幅画中的人物：身段苗条、穿着白衣的爱米丽小姐立在身后，她父亲叉开双脚的侧影在前面，背对着爱米丽，手执一根马鞭，一扇向后开的前门恰好嵌住了他们俩的身影。（威廉·福克纳，2004a:45）

在合影中，爱米丽的父亲手拿着象征控制与管理的"马鞭"，而且站在前面，暗示了主导地位。由此可见，这段描写暗示了爱米丽父亲对于女儿的控制和南方父权制在家庭关系中的主导地位，间接指明了爱米丽的家庭环境对爱米丽性格形成的影响。

小说除了对爱米丽的居住空间进行了描写之外，也在多个地方描述了爱米丽使用的个人物品，以此来衬托爱米丽的旧南方贵族身份和她与周围环境格格不入的生活。当镇上试图派人去和爱米丽商谈收税的事情时，几个镇上的人拜访了爱米丽。爱米丽出现在他们面前时：

> 她一进屋，他们全都站了起来。一个小模小样、腰圆体胖的女人，穿了一身黑服，一条细细的金表链拖到腰部，落到腰带里去了，一根乌木拐杖支撑着她的身体，拐杖头的镶金已经失去光泽。她的身架矮小，也许正因为这个缘故，在别的女人身上显得是丰满的东西，而她给人以肥大的感觉。她看上去像长久泡在死水中的一具死尸，肿胀发白。当客人说明来意时，她那双凹陷在一脸隆起的肥肉之中，活像揉在一团生面中的两个小煤球似的眼睛不住地移动着，时而瞧瞧这张面孔，时而打量那张面孔。（威廉·福克纳，2004a：42－43）

福克纳描写了爱米丽臃肿肥胖的身体，刻画了一个矮小粗肥的女性形象，给人一种如行尸走肉般的感觉。由此，读者可以察觉到爱米丽在小说中那种腐朽的状态。福克纳除了直接描写爱米丽的身体特征外，还通过描写她使用的东西衬托爱米丽过时的一面。他突出描写了她"已经失去光泽"的拐杖头的镶金。"金表链""乌木拐杖""拐杖头的镶金"都是南方贵族的日常生活用品，都显示了爱米丽曾经的贵族身份。

爱米丽的住房空间和使用的物品都暗示了旧南方没落贵族逐步被历史淘汰的命运。此外，福克纳还描写了爱米丽家中布满的灰尘。灰尘从另一个侧面凸显出爱米丽家族的没落和衰败。当镇上的参议员们派出一个代表团访问爱米丽的住所时，黑人男仆把他们迎进阴暗的门厅：

> 一股尘封的气味扑鼻而来，空气阴湿而又沉闷，这屋子长久没有人住了。黑人领他们到客厅里，里面摆设的笨重家具全都包着皮套子。黑人打开了一扇百叶窗，这时，便更可看出皮套子已经坼裂；等他们坐了下来，大腿两边就有一阵灰尘冉冉上升，尘粒在那一缕阳光中缓缓旋转。壁炉前已经失去金色光泽的画架上面放着爱米丽父亲的炭笔画像。（威廉·福克纳，2004a：42）

同样,福克纳描写了爱米丽去世后镇上的人打开爱米丽卧室时的场景:

> 门被猛地打开,震得屋里灰尘弥漫。这间布置得像新房的屋子,仿佛到处都笼罩着墓室一般淡淡的阴惨惨的氛围:败了色的玫瑰色窗帘,玫瑰色的灯罩,梳妆台,一排精细的水晶制品和白银做底的男人盥洗用具,但白银已毫无光泽,连刻制的姓名字母图案都已无法辨认了。杂物中有一条硬领和领带,仿佛刚从身上取下来似的,把它们拿起来时,在台面上堆积的尘埃中留下淡淡的月牙痕。椅子上放着一套衣服,折叠得好好的;椅子底下有两只寂寞无声的鞋和一双扔了不要的袜子。(威廉·福克纳,2004a:51)

灰尘往往是与毫无生机或荒凉相联系的,是T. S. 艾略特荒原传统描写的对象之一,这里对灰尘的描写凸显了爱米丽的缺乏生命力。爱米丽整天像幽灵一样,宁愿让自己待在一个布满灰尘、终日不见阳光的房间里,也不出去与镇上的人进行正常交往,这表明两点:第一,她已经难以融入杰斐逊镇居民的日常生活;第二,她自己也不屑与镇上的年轻一代打交道。

伴随着灰尘的还有爱米丽房屋里不时散发出的腐朽气味。爱米丽的生活被腐朽的气味笼罩,毫无生机可言。灰尘与"败了色的玫瑰色窗帘,玫瑰色的灯罩,梳妆台"、失去光泽的白银及腐朽的气味混同在一起,使人联想起爱米丽身上那种来自旧南方、令人窒息的传统力量,同时也强调了旧南方的日渐没落和一个南方淑女神话的逐渐消逝。

总而言之,这位曾经的贵族就像枯萎的玫瑰一样,不再代表历史前进的方向,而成为社会发展的障碍,最终被历史淘汰。而主人公作为南方贵族的身份特点也揭示了南方贵族在美国城市化、工业化进程中"零落成泥碾作尘"的命运。福克纳借助爱米丽这一人物形象喻示美国内战后南方贵族理想和传统价值观遭遇工商业文明后的消逝。

第二节　加文·斯蒂文斯：现代南方中产阶级的形象

加文·斯蒂文斯最早作为独立人物出现在短篇小说《烟》和《头发》中，后来陆续出现在福克纳的其他小说中，不过都不是主要人物。《八月之光》中有一段是关于加文外表的直接描写：

> 他是地方检察官、哈佛大学毕业生、该学府的优秀生联谊会的成员，个儿高高的，行动灵活，老在抽旱烟袋，留着一头散乱的铁灰色头发，常常穿着大垮垮的没熨平的暗灰色衣服。他出生在杰斐逊镇上的一个古老家族，前辈拥有奴隶，他祖父认识伯顿小姐的祖父和哥哥（同时也憎恨他们，曾为他们的死去公开向萨多里斯上校表示祝贺）。他以一种随和缄默的方式与乡里人、选民和陪审团成员相处，常常可以看见他在那些乡村小店的门廊蹲在穿工装的人们中间，哪怕是夏日炎炎也一蹲就是一整下午，以他们惯常的言语同他们瞎扯闲谈。（威廉·福克纳，2004f：317）

福克纳在这段描写中向读者细致勾勒了加文随和、朴素但又不失正义感的律师形象。在《八月之光》中，作为杰斐逊镇受教育程度最高的居民，加文从密西西比大学法学院毕业后去了哈佛大学攻读硕士，再去德国攻读博士。作为地道的美国南方人，加文出身名门，祖父是律师。祖父退休后，加文当上了律师，收入稳定且丰厚，把很多时间和精力投入到城镇的公共事务中。福克纳笔下的加文参与、代理了杰斐逊镇很多案件的审理，包括《圣殿》中谭波儿被强奸的案子、《坟墓的闯入者》中一桩牵涉黑人的谋杀案。

从福克纳作品中多处与加文相关的描写可以看出，加文衣着朴素，有文化，有地位，“常常穿着大垮垮的没熨平的暗灰色衣服”，由此呈现给读者的并不是一个注重物质财富的形象；此外，加文富有教养，平等待人，“以一种随和缄默的方式与乡里人、选民和陪审团成员相处，常常可以看见他在那些乡村小店的门廊蹲在穿工装的人们中间，哪怕是夏日炎炎也一蹲就是一整下午，以他们惯常的言语同他们瞎扯闲谈”。这些细节表明，受过高等教育的加文思想开明，具有平等思想。《坟墓的闯入者》中的细节描写进一步验证了这一点。在该小说中，福克纳借助加文外甥契克的视角讲述了加文在处理黑人卢卡斯案件时体现的平等民主思想。在加文看来，白人和黑人都可能是“愚蠢的”杀人犯。加文在举例时并没有只说黑人杀人犯，也讲到愚蠢的白人杀人犯。由此可见，在加文的潜意识里，白人和黑人是一样的，并不存在种族上的优劣。从小说的很多细节描写来看，加文不仅有中产阶级的生活方式，也有中产阶级的礼仪和谈吐。在福克纳后期作品中，加文时常以公共人物形象出现，对美国政府的种种文化政策发表评论。《城镇》描写了加文家里的就餐礼仪、谈话礼貌。此外，加文常去咖啡馆喝咖啡。由此可以看出，加文保持着典型的中产阶级生活方式。

从研究文献来看，和爱米丽、凯蒂等其他福克纳作品中的人物相比，国内文学批评界并没有给予加文这一人物足够的重视。目前只有2篇和加文相关的评论。在《坟墓的闯入者》中的译本序中，陶洁评论了小说中的加文，认为加文在种族问题上一直在误导契克，而契克对于舅舅有一种“盲目而绝对的依恋”，在生活中把舅舅看成比他父亲还重要的人物。在侦查黑人卢卡斯的案件时，加文一直在以雄辩的口才来谈论一些大道理，试图通过自己的“花言巧语”“转移契克的注意力”和掩盖自己的错误。加文的态度在陶洁看来是“居高临下，夸夸其谈，无所不知，无所不能”。总之，陶洁认为：“应该说，加文·斯蒂文斯是个开明的人，对黑人有一定的同情心。但他同时又是一个矛盾的结合体。他的头脑里有根深蒂固的南方白人的种族观。这种他无法摆脱也并不努力摆脱的偏执观念使他在卢卡斯的问题上犯了一个律师所不该犯的错误。他在没有进行调查研究的情况下就想当然地认为卢卡斯一定是杀人犯。”（陶洁，2004：13）陶洁将加文归纳为“矛盾的结合体”，原因在于他对种族主义自相矛盾的态度。

另一位研究福克纳的学者曾军山也分析了加文这一人物形象：“三部曲中的重要人物加文·史蒂文斯律师在某些方面呼应了‘种植园小说’中的‘南方骑士’。首先，加文与‘南方骑士’有着相同的身份，他是南方种植园主后裔，也深受骑士精神的影响；同时，他也与种植园小说中的'南方骑士'一样,肩负着两项相同的核心使命,其一是'讨伐物质主义歹徒',其二是'拯救淑女'。然而,三部曲与'种植园小说'更主要的是一种互文改写的关系。由于加文在履行自己的两大核心使命方面乏善可陈,他成为一位变形的'南方骑士'。"(曾军山,2012b:58)曾军山对加文体现的精神特质进行了归纳。他把加文在"斯诺普斯三部曲"中的很多做法,包括帮助琳达和尤拉摆脱弗莱姆的侵扰、和拉特利夫一起谴责以弗莱姆为代表的斯诺普斯家族等,归纳为加文南方骑士精神的体现。这样一来,三部曲就保留了这种充满理想主义的骑士人物与物质主义歹徒冲突的基本情节结构:"加文对应于'种植园小说'中的'南方骑士',而弗莱姆·斯诺普斯对应于外表和内心都同样丑陋的物质主义歹徒。"(曾军山,2012b:58)。

如何看待学术界对于加文的评议?笔者认为这里需要回归加文所处时代的文化、历史语境。福克纳的最重要的创作时期主要是20世纪三四十年代,这一时期除了中产阶级的崛起外,还有一个重要历史语境是美国社会出现了前所未有的社会危机和道德滑坡。首先,物质主义和消费主义盛行带来利益至上思想,导致很多人不择手段追逐物质利益,毫无道德约束,尤其是短期获得巨大利益的暴发户。其次,工商业文明和消费变革带来经济泡沫,社会风气浮躁且急功近利,民风淳朴的南方世风日下。再次,社会经济快速发展导致社会阶层贫富分化严重,贫穷白人成为社会动荡和危机的制造因素。这些社会问题促使不少南方作家开始反思工商业文明、现代化进程给南方带来的深刻影响,并以文学创作形式回应时代变迁。重农派作家(Twelve Southerners)在《我坚持我的立场:南方和土地系统》(*I'll Take My Stand: The South and the Agrarian Tradition*,1930)中明确反对工商业文明,倡导回归南方传统农耕文明。而以福克纳、罗伯特·潘恩·沃伦为代表的作家不像重农派那样激进。他们一方面认为历史的脚步不可阻挡,另一方面通过文学创作塑造积极正面、具有强烈社会责任感的中产阶级形象,传达自己对社会历史发展的理解。在部分南方文艺复兴作家的阶层书写中,由律师、记者等构成的知识分子阶层往往在小说中被塑造为正义的化身,甚至在一定程度上成为作家的代言人。在《国王的人马》中,罗伯特·潘恩·沃伦塑造了受过高等教育、具有自立自强的人格的记者杰克·伯登，而福克纳则塑造了公平正义和社会秩序的保护者律师加文的形象。从南方20世纪上半叶的历史语境看，商人、公司职员、律师、机械师等新中产阶级迅速崛起，逐渐发展成为南方社会的支柱力量。各行各业的人都进入中产阶级行列，其素质也是鱼龙混杂、良莠不一的。但是，为什么这些中产阶级人物大多被作家塑造成富有正义感、类型化的角色呢？结合这一时期的阶层文化结构来看，主要原因在于中产阶级成为南方社会文化变革时期的主要政治力量，被南方文艺复兴作家寄予改良社会的厚望。接下来笔者将以福克纳笔下的律师加文为例，通过文本细读深入阐述中产阶级形象的政治文化内涵，透视福克纳借助中产阶级形象塑造所传递的政治理想和人文情怀。

与罗伯特·潘恩·沃伦笔下的记者杰克一样，加文也常常愤世嫉俗，充满正义感，而且成为南方社会物质主义思潮的对抗力量。加文的地方检察官职业暗示了他匡扶正义、维护公平的形象。在“斯诺普斯三部曲”中，加文痛恨垄断资产阶级的贪婪，他和拉特利夫试图联手阻止斯诺普斯主义在城镇蔓延，破除斯诺普斯家族的邪恶影响。此外，加文还帮助琳达和尤拉摆脱弗莱姆的侵扰，和拉特利夫一起谴责以弗莱姆为代表的斯诺普斯家族，成为阻止物质主义盛行、南方道德滑坡的力量。

除了抵制拜金主义在杰斐逊镇的流行外，加文还谴责杰斐逊镇商业文明带来的喧闹，表达了自己对美国商业文明的不满。《坟墓的闯入者》第11章借助加文侄子契克的视角讲述了加文反对现代商业文明入侵城镇。当他透过窗户看办公室下面的广场时，各种喧嚣的场面令他心烦不已，唱片机、汽车、广播的声响使他不得安宁。福克纳通过加文表达了自己对工商业文明冲击南方的态度。从加文的视角，福克纳描绘了以下场景：

> 那密集的无法穿越的汽车顶和车篷成双行像蜗牛似的绕着广场爬行在刺鼻的看不见的一氧化碳的气息中在呜呜的喇叭声中在轻微的断断续续的保险横杠的撞击声中慢慢地一辆又一辆地进入和离开广场的街道而对面那一行以同样缓慢的速度一辆又一辆地驶进广场。（威廉·福克纳，2004g：211）。

由此可以看出，加文对汽车、收音机、商业化的广场深感不满。小说中没有标点、冗长的结构让人窒息，呼应了拥挤的广场让人无法呼吸的意象。这展现出福克纳对南方骑士文化的留恋。

加文对于现代工业文明的批判态度最清晰地体现在《坟墓的闯入者》第11章，即加文对汽车的批判态度：

> ……其实什么都不爱只爱汽车：首先爱的不是他的妻子孩子也不是他的国家更不是他的银行存款（事实上他不是像外国人喜欢想的那样热爱他的银行存款因为他会把他的一部分甚至全部用来买几乎任何东西只要那东西确实没有价值）爱的只是他的汽车。因为汽车已经成为我们国家的性象征了……（威廉·福克纳，2004g：212）。

在这段同样令人窒息的描述中，加文谴责了美国人对于汽车的狂热，他认为汽车霸占了美国人，使美国人疯狂。汽车是文学作品中工业文明和消费文化最为典型的象征，批判汽车意味着批判汽车背后的工商业文明和消费文化。

加文被塑造成富有正义感的中产阶级人物形象，勇于激浊扬清，承担了匡扶正义的社会责任。这些中产阶级形象一方面体现了20世纪上半叶新中产阶级的兴起，反映了美国进步主义运动时期的阶层区分；另一方面暗示了这一时期南方作家的政治理想，在一定程度上成为作家在作品中的代言人，其形象塑造表达了作家抒发正义的人文情怀。正如马里恩·唐噶木（Marion Tangum）所认为的那样，加文更像是“善与正义的代言人，但也有着南方男士的局限性：这种局限性来源于成长经历、教育经历和南方历史”（Tangum, 1999: 382）。而福克纳传记作家约瑟夫·布劳特那（Joseph Blotner）曾经指出，就连福克纳的妻子埃斯特尔·福克纳“看到加文堂吉诃德式的性格，也想起自己的丈夫”（Blotner, 1983: 20）。福克纳经常让加文表达他自己做的演讲和写的公共信件里的一些类似观点。小镇民众尽管很喜欢加文，但不能完全理解他，加文在民众眼中是个尴尬的知识分子形象。尽管很多学者已不认为加文只是福克纳观点的代言人，但仍有一批人想象着在杰斐逊镇人物中加文最像福克纳。正如诺埃尔·波尔克（Noel Polk）所比较的二者之间的不同之处："或许我们确实能够看到加文小说中的言辞与福克纳演讲的言辞存在诸多相似之处；但是加文言多行少，乐于言谈，少于行动，他对于黑人与印第安混血儿（Sambo）的兴趣远远多于对卢卡斯的兴趣，这些都直接显示了加文与公共人物福克纳之间的诸多差异与不同。"（Polk，1996：230）

归纳而言，加文实际上传递了福克纳作品中中产阶级的具体形象：正直、责任感强、学历高等。福克纳笔下的加文既是南方新中产阶级形象，也是南方骑士的代表，是有着南方骑士精神的新中产阶级，代表了福克纳心目中理想的新中产阶级形象。以福克纳为代表的南方文艺复兴时期的作家对于中产阶级形象的正面塑造暗示了这一时期知识分子试图通过文学创作传达济世情怀，参与社会核心价值观建设，客观上对美国南方文化的健康发展发挥了积极作用。

第六章　结　论

文学作品记录了作家所处时代的方方面面，映射出所处文化语境的时代特征。从历史语境视角来看，福克纳置身于历史又超越历史，以反思和批判的态度书写历史，揭示特定历史时期形形色色人物的悲剧产生的历史根源，深度挖掘植根于人物内心深处的理性和欲望。在福克纳笔下，萨托里斯家族贪恋的是权力，斯诺普斯家族贪恋的是财富，这些人物如提线木偶一样为历史的洪流所裹挟而踽踽前行。

福克纳的文学创作真正开始是在第一次世界大战之后。在经历过第一次世界大战的西方国家，尤其是美国，人们经历着前所未有的心理冲击。欧洲俨然是一片荒原，社会秩序混乱，人们对信仰、理想、追求产生怀疑，精神极度空虚。很多与福克纳同时代的作家直接参加了战争。但是从战争的结果看，这些作家找不到能够说服自己参加战争的理由，内心深处感到被人玩弄了，完全不是为了所谓的“民主”而战，完全没有凯旋的感觉，精神产生幻灭。（虞建华，2007）T. S. 艾略特开创的荒原叙事展现了第一次世界大战后欧洲人及美国人精神世界的荒芜；“迷惘的一代”的代言人海明威创作的多部战争题材小说描述了战争带给人类的痛苦。福克纳也用自己的方式映射了他所处的时代。《蚊群》里空谈虚华的艺术家可以看作福克纳记录第一次世界大战后聚集在格林尼治村的那些迷惘的文艺青年。如果说美国是西方现代社会的缩影，那么福克纳生活的密西西比州则是美国乃至整个现代西方社会的缩影。作为美国南方的一个居民，福克纳亲身体会到所处历史时代的深层矛盾和冲突，并且以高超的文学创作手法再现了这种冲突。

福克纳创作的文学体系包含了不同的叙事技巧，这些叙事技巧的使用增强了福克纳作品映射历史语境的效果。他所采用的叙事技巧主要包括意识流叙事手法、多角度叙事手法、哥特式叙事手法、象征叙事手法等。福克纳在《喧哗与骚动》班吉部分采用的就是意识流叙事手法。班吉是个33岁的白痴，不会说话，他叙述的情节是一个个意识片段。《我弥留之际》的每一个部分的开始都有该部分叙述者的内心独白。每个人的叙述印证了其他人的讲述，意识之间彼此呼应。多角度叙事也是福克纳惯用的叙事手法。上述两部小说就是典型的多角度叙事。《喧哗与骚动》通过4个不同的人物从不同角度叙述；《我弥留之际》全书共有59个小节，叙述者达15人之多。《押沙龙，押沙龙！》的故事情节是由4个人讲述托马斯·斯潘的故事。《圣殿》和《献给爱米丽的一朵玫瑰花》中存在大量哥特式叙事技巧。前者充满了暴力，与小说情节的禁酒令背景相呼应；后者描写了爱米丽房子的阴森与神秘，显示了爱米丽作为大势已去的南方旧贵族阶层的没落与衰败。象征手法在福克纳作品中俯拾即是。凯蒂内裤上的污点象征了她的不纯洁；多部作品中出现的衰败的庄园和破败的农具则象征了南方种植园主阶层的没落和农业文明的消逝；爱米丽本身就是对南方没落贵族的巨大隐喻。

福克纳的主要创作时期是在第一次世界大战后至20世纪60年代。这一时期正是美国社会城市化、工业化发展的成熟时期。福克纳一生大多数时间居住在位于南方腹地的密西西比州的奥克斯福，对南方有着特殊的感情。他作品中的地点也大多以奥克斯福为原型，想象性地再现了南方社会从内战结束至20世纪60年代各个方面的变迁。福克纳以其特有的、敏锐的目光在小说中记录了这一时期南方所经历的政治、经济、文化等方面的巨大社会变革。在一定程度上，福克纳小说体系俨然是南方社会的一部断代史。美国南方工业化和城市化带给乡村的不仅有融入国家主流生活的便利和愉悦，也有对原有社会秩序的冲击；不仅有经济的发展和社会的进步，也有对生态环境的破坏和摧残；不仅有南方居民的无限机遇，也有对固有思想观念的冲击。而这些积极正面的影响和消极负面的冲击都出现在福克纳的作品中。

福克纳在他的作品中塑造了多个人物角色，折射出他所处历史语境中的人物形象。他塑造的阶层流动典型包括旧南方贵族的没落代表爱米丽·格里尔森、现代南方小资产阶级的代表人物加文·斯蒂文斯。

透过人物个体微观层面，读者可以窥见南方文化变革期各个阶层的反应。福克纳的作品体现在南方社会文化变革的历史语境与文本再现的内在逻辑关系。福克纳通过对棉花、轧棉机、购物等事物的描写，展现了美国南方工业化和城市化发展的结果，表现了农业文明的消逝和工商业文明的到来，以及二者的冲突域博弈，同时也呈现了消费文化对南方传统伦理价值观的冲击。虽然这些都是社会发展的必经阶段，但福克纳对此并不欢迎。这种变化和更迭自然也会体现在社会阶层结构的调整上。福克纳作品中经常出现的麦卡斯林庄园、老法国人湾、杰斐逊镇等主要体现了农村和城镇两种社会形态。农村和城镇的阶层变革是南方社会变革的深层次体现，揭示了城市工商业文明向南方社会政治、经济、文化等多个层面的渗透。之前在经济和政治上占主导和统治地位的种植园主已逐渐退出历史舞台，取而代之的是新兴工商业者和新兴中产阶级。阶层之间的流动也变得正常起来，渠道也更加多样化。从宏观层面来看，南方社会发展的重要特点就是新阶层和原有统治阶层的更迭。此外，南方众多的农村和城镇中存在着数以千计或数以万计的新旧社会阶层。他们在南方社会变迁过程中有怎样的感受、经历了哪些变化都是福克纳关注的问题。

福克纳在约克纳帕塔法世系小说里书写了美国南方社会自内战结束至 20 世纪 60 年代变迁的全部经历。福克纳大部分小说着力刻画了多个不同类型的人物形象，反映了内战结束后的南方社会近一百年来的历史剧变。福克纳的小说创作有着独特的笔法，各种叙事手法的运用使作品变得非常有深度，表现了南方各个阶层的成员的精神面貌和细腻微妙的内心世界；他的复杂的语言风格使作品有特殊的魅力，表明了作家严肃认真的创作态度。目前，福克纳的文学作品已经广为人知，是一位对我国现当代文学影响深远的重要作家。就莫言、余华的创作而言，无论是浓厚的乡土意识，还是痴傻视角、多重第一人称视角混用等，都体现了明显的福克纳的影响。

受时间、篇幅所限，本书难免存在待完善之处。第一，福克纳创作的文学作品种类繁多，不仅有小说、诗歌，也有散文。小说创作中，不仅有长篇，也有中篇及短篇。福克纳作品的主题有宏观的，也有微观的。本研究受篇幅和话题的限制，选取了部分作品作为代表展开论述，还须进一步拓宽研究的作品范围。第二，福克纳在小说中再现了南方社会的历史巨变，本研究主要从三个层面来考查南方社会变革的深层次体现：福克纳的人物刻画；社会变革的外在层面，如农业文明的消逝和消费文化的兴起；社会变革的更深层面，如南方农村和城镇的社会阶层的变革。而南方社会文化在种族、性别等层面的变迁的体现没有被涉及，这些方面是今后研究的努力方向。

参考文献

Aiken, C. S. 1998. *The Cotton Plantation South Since the Civil War* [M]. Baltimore: Johns Hopkins University Press.

Aiken, C. S. 2007. Faulkner and the Passing of the Old Agrarian Culture [A]. In Josepho, R. U. & Ann, J. A. *Faulkner and Material Culture* [C]. Jackson: University Press of Mississippi.

Aiken, C. S. 2009. *William Faulkner and the Southern Landscape* [M]. Athens: University of Georgia Press.

Ayers, E. L. 1992. *The Promise of the New South: Life After Reconstruction* [M]. New York/Oxford: Oxford University Press.

Bartley, N. V. 1983. *The Creation of Modern Georgina* [M]. Athens: University of Georgina Press.

Bassett, J. E. 1997. *William Faulkner* [M]. Boca Raton: Taylor & Francis, Inc.

Berger, A. A. 2009. *What Objects Mean: An Introduction to Material Culture* [M]. Walnut Creek: Left Coast Press.

Blotner, J. 1974. *Faulkner: A Biography* (2 Vols) [M]. New York: Random House.

Blotner, J. 1983. Continuity and Change in Faulkner's Life and Art [A]. In Gresset, M. & *Samway, P. S. J. Faulkner and Idealism: Perspectives from Paris* [C]. Jackson: University Press of Mississippi.

Bradbury, J. M. 1963. *Renaissance in the South: A Critical History of the Literature, 1920 – 1960* [M]. Chapel Hill: University of North Carolina Press.

Brooks, C. 1963. *William Faulkner: The Yoknapatawpha Country* [M]. New Haven: Yale University Press.

Brooks, C. 1983. *William Faulkner: First Encounters* [M]. Yale: Yale University Press.

Brown, C. S. 1976. *A Glossary of Faulkner's South* [M]. New Haven & London: Yale University Press.

Buell, L. 2001. *Writing for an Endangered World: Literature, Culture, and Environment in the U. S. and Beyond* [M]. Cambridge, MA: Belknap, Harvard University Press.

Clarke, D. 1994. *Robbing the Mother: Women in Faulkner* [M]. Jackson: University Press of Mississippi.

Cooper, W. J. & Terrill, T. E. 1991. *The American South: A History* [M]. New York: McGraw-Hill, Inc.

Cowdrey, A. E. 1983. *This Land, This South: An Environmental History* [M]. Lexington: University Press of Kentucky.

Doyle, D. H. 2001. *Faulkner's County: The Historical Roots of Yoknapatawpha* [M]. Chapel Hill: University of North Carolina Press.

Fargnoli, A. N, Golay, M. & Hamblin, R, W. 2008. *A Critical Companion to William Faulkner: A Literary Reference to His Life and Work* [M]. New York: Facts On File.

Faulkner, W. 1957a. *Sanctuary and Requiem for a Nun* [M]. New York: The New American Library.

Faulkner, W. 1957b. *The Mansion* [M]. London: Chatto and Windus.

Faulkner, W. 1957c. *The Town* [M]. London: Chatto and Windus.

Federal Writers Project. 1957. *These Are Our Lives* [M]. New York: W. W. Norton & Company, Inc.

Frederick, G. L. & Blotner, J. L. 1965. *Faulkner in the University* [M]. New York: Vintage Books.

Guinn, M. 2000. *After Southern Modernism: Fiction of the Contemporary South* [M]. Oxford: University Press of Mississippi.

Hamblin, B. R. W. & Peek, C. A. 1999. *A William Faulkner Encyclopedia*

[M]. Westport: Greenwood Press.

Henderson, C. 1936. *Letters From the Dust Bowl*[J/OL]. [2018-06-28]. The Atlantic. https://www.theatlantic.com/magazine/archive/1936/05/letters-from-the-dust-bowl/308897/.

Horton, M. 1996. *Annotations to William Faukner's "The Town"* [M]. New York: Garland.

Jones, A. G. 1997. "Like a Virgin": Faulkner, Sexual Cultures, and the Romance of Resistence [A]. In Kartigane, D. M. & Abadie, A. J. *Faulkner in Cultural Context: Faulkner and Yoknapatawpha, 1995* [C]. Jackson: University Press of Mississippi.

Kartiganer, D. M. 1997. Introduction[A]. In Kartigane, D. M. & Abadie, A. J. *Faulkner in Cultural Context: Faulkner and Yoknapatawpha, 1995* [C]. Jackson: University Press of Mississippi.

Kennedy, R. S. & Reeves, R. 1970. *The Notebooks of Thomas Wolfe* (2 Vols) [M]. Chapel Hill: University of North Carolina Press.

Ladd, B. 1997. *Nationalism and the Color Line in George W. Cable, Mark Twain, and William Faulkner* [M]. Baton Rouge: Louisina State University Press.

Malvasi, M. G. 1997. *The Unregenerate South: The Agrarian Thought of John Crowe Ransom, Allen Tate, and Donald Davidson* [M]. Baton Rouge: Louisiana State University Press.

Matthews, J. T. 2015. *William Faulkner in Context* [M]. Cambridge: Cambridge University Press.

McCracken, G. 1988. *Culture and Consumption: New Approaches to the Symbolic Character of Consumer Goods and Activities* [M]. Bloomington: Indiana University Press.

Millichap, J. R. 2002. *Dixie Limited: Railroads, Culture, and the Southern Renaissance* [M]. Lexington: The University Press of Kentucky.

Polk, N. 1996. *Children of the Dark House: Text and Context in Faulkner* [M]. Jackson: University Press of Mississippi.

Rieger, C. 2009. *Clear-Cutting Eden: Ecology and the Pastoral in Southern*

Literature [M]. Tuscaloosa: The University of Alabama Press.

Roberts, D. 1994. *Faulkner and Southern Womanhood* [M]. Athens: University of Georgia Press.

Simmel, G. 1997. The Philosophy of Fashion [A]. In Frisby, D. & Featherstone, M. *Simmel on Culture* [C]. London: Sage.

Sivils, M. W. 2006. Faulkner's Ecological Disturbances [J]. *Mississippi Quarterly*, 59(3): 487 – 502.

Southerners, T. 1930. *I'll Take My Stand: The South and the Agrarian Tradition*[M]. New York: Harper and Brothers.

Tangum, M. 1999. Gavin Stevens [A]. In Hamblin, R. W. & Peek, C. A. *A William Faulkner Encyclopedia* [C]. Westport, Connecticut: Greenwood.

Trefzer, A. & Abadie, A. J. 2012. *Faulkner and Formalism: Returns of the Text*. Oxford: University Press of Mississippi.

Urgo, J. R. & Abadie, A. J. 2004. *Faulkner and His Contemporaries* (*Faulkner and Yoknapatawpha Series*) [M]. Oxford: University Press of Mississippi.

Urgo, J. R. & Abadie, A. J. 2007. *Faulkner's Inheritance* (*Faulkner and Yoknapatawpha Series*) [M]. Oxford: University Press of Mississippi.

Veblen, T. 1899. *The Theory of the Leisure Class: An Economic Study of Institution* [M]. London: Unwin Books.

Woodward, C. 1960. *The Burden of Southern History* [M]. Baton Rouge: Louisiana State University.

Woodward, I. 2007. *Understanding Material Culture* [M]. Los Angeles/London: Sage Publications.

Zelinsky, W. 1992. *The Cultural Geography of the United States: A Revised Edition* [M]. Englewood Cliffs: Prentice Hall.

Zender, K. F. 1989. *The Crossing of the Ways: William Faulkner, the South, and the Modern World* [M]. New Brunswick: Rutgers University Press.

T. S . 艾略特. 2000. 荒原[M]. 赵萝蕤,张子清,译. 北京:人民日报出版社.

鲍忠明,辛彩娜. 2011. 镜与灯:《押沙龙,押沙龙!》的新历史主义解读[J].

外国文学(1):76-83.

布尔迪厄. 1997. 文化资本与社会炼金术:布尔迪厄访谈录[M]. 包亚明,译. 上海:上海人民出版社.

布尔斯廷. 1993. 美国人民主历程[M]. 中国对外翻译出版公司,译. 北京:生活·读书·新知三联书店.

蔡勇庆. 2012. 生态神学视野下的福克纳研究[M]. 北京:中国社会科学出版社.

曹曦颖. 2011.《八月之光》的生态解读[J]. 当代文坛(2):126-129.

陈才忆. 1999. 福克纳的森林情结[J]. 宜宾师范高等专科学校学报(1):35-38.

陈继会. 1996. 文化怀乡:沈从文创作的意义[J]. 郑州大学学报(哲学社会科学版)(1):13-19.

陈晓燕. 2020. 在世界性视野下激活中国经验:论莫言《红高粱家族》对福克纳《熊》的借鉴及莫言的本土化追求[J]. 中国语言文学研究,27(1):117-124.

谌晓明. 2009. 符指、播散与颠覆:福克纳的"斯诺普斯三部曲"之解构主义研究[D]. 上海:上海外国语大学.

谌晓明. 2016. 从意识洪流到艺术灵动:福克纳的斯诺普斯三部曲研究[M]. 上海:上海三联书店.

代晓丽. 2010. 比真实更真:《押沙龙,押沙龙!》的叙事视角与逼真性[J]. 外国语文(2):33-37.

戴维·斯沃茨. 2006. 文化与权力:布尔迪厄的社会学[M]. 陶东风,译. 上海:上海译文出版社.

丹尼斯·吉尔伯特,约瑟夫·A. 卡尔. 1992. 美国阶级结构[M]. 彭华民,等,译. 北京:中国社会科学出版社.

但汉松. 2008. 论《我弥留之际》中的非典型对话性[J]. 外国文学(4):53-59.

方敏惠. 2008. 威廉·福克纳《村子》的叙事技巧[D]. 厦门:厦门大学.

菲利普·韦恩斯坦. 2018. 成为福克纳:威廉·福克纳的艺术与生活[M]. 晏向阳,译. 南京:南京大学出版社.

冯姣. 2016. 福克纳作品中的女性他者形象[J]. 山东社会科学(S1):

544 – 545.

冯溢,颜晓川. 2011. 女性主义视角下的罗沙·科德菲尔德[J]. 东北大学学报(社会科学版)(4):362 – 366.

弗莱德里克·R. 卡尔. 2007. 福克纳传[M]. 陈永国,赵英男,王岩,译. 北京:商务印书馆.

弗雷德·英格利斯. 2008. 文化[M]. 韩启群,张鲁宁,樊淑英,译. 南京:南京大学出版社.

弗雷德里克·刘易斯·艾伦. 2008. 浮华时代:美国 20 世纪 20 年代简史[M]. 汪晓莉,袁玲丽,译. 上海:上海财经大学出版社.

弗雷里克·J. 霍夫曼. 1994. 威廉·福克纳[M]. 沈阳:春风文艺出版社.

高奋. 1993. 时间的割裂与错置:《喧哗与骚动》的叙述结构与时间艺术[J]. 杭州大学学报(哲学社会科学版)(3): 103 – 106.

郭海平,李漫萍. 2010. 康普生家族悲剧与基督教伦理[J]. 湖北社会科学(1):140 – 142.

韩启群,杨金才. 2010. 商品、服饰、广告:福克纳小说《村子》消费文化透视[J]. 解放军外国语学院学报(3):105 – 128.

韩启群,杨颖. 2011. "花园里的机器":论福克纳后期作品斯诺普斯三部曲中的汽车景观书写[J]. 山东外语教学(5):97 – 101.

韩启群,杨颖. 2011. 论福克纳后期作品中的法院意象[J]. 重庆理工大学学报(社会科学版)(12):101 – 104.

韩启群. 2012. 论福克纳后期作品《城镇》《大宅》中的地理景观书写[J]. 名作欣赏(24):97 – 99.

韩启群. 2015. 近五年国外威廉·福克纳研究述评[J]. 当代外国文学(3):159 – 166.

韩启群. 2016. "物质无意识":物质文化视角中的福克纳环境书写[J]. 山东外语教学(5):72 – 78.

韩启群. 2017. 转型期变革的多维书写:福克纳斯诺普斯三部曲的物质文化批评[M]. 苏州:苏州大学出版社.

韩启群. 2019. "物的文学生命":重读福克纳笔下的生意人弗莱姆·斯诺普斯[J]. 外国语文(1):41 – 47.

何跃敏. 1997. 论《去吧,摩西》的主题、形式与风格[J]. 四川教育学院学报

(3):56 - 60.

胡小林,刘伟. 1990. 福克纳、莫言比较论[J]. 枣庄师专学报(1):60 - 66.

扈娟. 1992.《喧哗与骚动》的赋格式结构[J]. 河南大学学报(社会科学版)(5): 68 - 72.

黄虚锋. 2007. 美国南方转型时期社会生活研究:1877—1920[M]. 上海:上海人民出版社.

蒋道超. 1997. 淡泊人生 崇尚自然:评《押沙龙,押沙龙!》中的人生哲学[J]. 外国文学(6):62 - 66.

蒋花,柴改英. 1998.《押沙龙,押沙龙!》中的神话原型及主题[J]. 四川外语学院学报(2): 41 - 46.

杰伊·帕里尼. 2007. 福克纳传[M]. 吴海云,译. 北京:中信出版社.

靳丛林,姜文莉. 2020. 文学记忆与时代精神的碰撞:福克纳与大江健三郎互文性创作的比较研究[J]. 东北师大学报(哲学社会科学版)(2): 69 - 76.

康毅. 2012. 女权视角下"煎熬"的艾迪:福克纳《在我弥留之际》主人公解读[J]. 名作欣赏(6):23 - 24.

孔耕蕻. 1991.《喧哗与骚动》《高老头》叙事艺术异同论[J]. 社会科学战线(2):291 - 297.

孔庆华. 1995.《纪念爱米丽的一朵玫瑰花》评析[J]. 青岛大学师范学院学报(2):11,18 - 21.

赖骞宇. 1998. 论《喧哗与骚动》复合式的叙事结构模式[J]. 南昌大学学报(社会科学版)(11):79 - 83.

赖骞宇. 1999.《纪念艾米丽的一朵玫瑰花》的深层内蕴解读[J]. 南昌大学学报(人社版)(2):119 - 123.

蓝仁哲. 2004.《八月之光》的光谱(代译序)[M]. 福克纳. 八月之光. 上海:上海译文出版社.

蓝仁哲. 2006.《野棕榈》:音乐对位法的形式,自由与责任错位的主题[J]. 四川外语学院学报(3):3 - 8.

蓝仁哲. 2009. 音乐对位法的形式,自由与责任错位的主题(代译后记)[M]. 福克纳. 野棕榈. 上海:上海译文出版社.

黎明,江智利. 2011. 不确定性:《喧哗与骚动》中的后现代主义特征[J]. 外国语文(6):7-10.

黎明.2009.后现代主义视角下《八月之光》的人物和语言[J].四川师范大学学报(社会科学版)(1):107-111.

李常磊.2009.政治无意识:威廉·福克纳《押沙龙,押沙龙!》对黑人群体命运的象征性沉思[J].国外文学(3):90-96.

李常磊.2019.福克纳与莫言生态伦理思想内涵研究[J].山东师范大学学报(人文社会科学版),64(5):58-66.

李汉之.1991.蒙太奇手法与创造性阅读:浅析福克纳的小说《圣殿》[J].华中师范大学学报(哲学社会科学版)(3):42-46.

李琴,李东霞.2020.福克纳与莫言:故乡的"重返"与"拓展"[J].西安外国语大学学报(1):120-124.

李庆华.1996.论《喧哗与骚动》的叙述视角[J].云南教育学院学报(5):44-47.

李文俊.1999.福克纳评传[M].杭州:浙江文艺出版社.

李文俊.2003.福克纳传[M].北京:新世界出版社.

李文俊.2004.他们在苦熬[M].福克纳.我弥留之际.上海:上海译文出版社.

李杨.2011.美国"南方文艺复兴":一个文学运动的阶级视角[M].北京:商务印书馆.

梁呐.1998.福克纳小说的女性/人类意识[J].锦州师范学院学报(哲学社会科学版)(4):21-24.

刘爱英.1998.从淑女到魔鬼:试从社会学批评角度看《纪念爱米丽的一朵玫瑰花》的悲剧意义[J].四川外语学院学报(2):33-36、46.

刘波.1998.论《喧哗与骚动》的复调结构[J].外语教学与研究(2):35-39.

刘晨锋.1991.《喧哗与骚动》中变异时空的美学价值[J].外国文学评论(1):47-53.

刘道泉.1998.论福克纳小说中的基督教原型[J].许昌师专学报(社会科学版)(1):59-62.

刘登东.1997.论《喧哗与骚动》的叙事艺术[J].重庆教育学院学报(2):43-46.

刘洊波. 1999a.《喧哗与骚动》中的神话原型[J]. 西南师范大学学报(哲学社会科学版)(5):103-105.

刘洊波. 1999b. 两颗孤寂的灵魂:昆丁与霍尔顿比较研究[J]. 华北电力大学学报(社会科学版)(1):58-65.

刘洊波. 2009. 从"火""镜子"和"影子"的重复看《喧哗与骚动》中名词的重复艺术[J]. 外语教学(5):86-89.

伦德尔·卡尔德. 2007. 融资美国梦:消费信贷文化史[M]. 严忠志,译. 上海:上海人民出版社.

罗伯特·韦恩·韩布林. 2020. 我和我的世界:威廉·福克纳传[M]. 李方木,译. 青岛:中国海洋大学出版社.

迈克·克朗. 2003. 文化地理学[M]. 杨淑华,宋慧敏,译. 南京:南京大学出版社.

皮埃尔·布迪厄,华康德. 1998. 实践与反思:反思社会学导引[M]. 李猛,李康,译. 北京:中央编译局出版社.

齐奥尔格·西美尔. 2001. 时尚的哲学[M]. 费勇,等,译. 北京:文化艺术出版社.

钱中丽. 2010.《喧哗与骚动》中的圣经传统[J]. 华南师范大学学报(社会科学版)(3):78-81,159.

让·鲍德里亚. 2000. 消费社会[M]. 刘成富,全志钢,译. 南京:南京大学出版社.

让·鲍德里亚. 2005. 生产之镜[M]. 仰海峰,译. 北京:中央编译出版社.

让·鲍德里亚. 2009. 符号政治经济学批判[M]. 夏莹,译. 南京:南京大学出版社.

饶晓红. 2009. "声音"与"愤怒":班吉的后结构主义解读[J]. 安徽大学学报(哲学社会科学版)(1):76-80.

任文. 1998.《喧哗与骚动》中不可毁灭的女性形象[J]. 四川大学学报(哲学社会科学版)(2):45-51.

尚·布希亚. 2001. 物体系[M]. 林志明,译. 上海:上海人民出版社.

邵锦娣. 1995. 没有玫瑰的故事:评述福克纳《献给爱米丽的玫瑰》的叙事艺术[J]. 外语学刊(黑龙江大学学报)(4):55-57.

沈国富. 2008. 试析意识流手法在福克纳小说《喧哗与骚动》中的运用[J].

名作欣赏(12):125-127.
石坚,张彦炜.1997.权利、荣誉和尊严:论威廉·福克纳《去吧,摩西》中混血黑人的挑战[J].重庆师专学报(社会科学版)(1):73-76.
苏煜.1991.浅谈《八月之光》中的人物乔[J].徐州师范学院学报(哲学社会科学版)(2):97-98.
隋桂岚.1998.《喧哗与骚动》叙事手法探讨[J].松辽学刊(社会科学版)(1):66-69.
孙志刚.1999.时间引起的悲剧:谈福克纳笔下的昆丁[J].北方论丛(3):146-148.
唐纳德·沃斯特.2003.尘暴:1930年代美国南部大草原[M].侯文蕙,译.北京:生活·读书·新知三联书店.
陶洁.1996.《圣殿》:福克纳研究的一点新变化[J].当代外国文学(3):124-127.
陶洁.2004a.话说福克纳的《圣殿》(代序)[M].威廉·福克纳.圣殿.上海:上海译文出版社.
陶洁.2004b.译本序[M].威廉·福克纳.坟墓的闯入者.上海:上海译文出版社.
陶洁.2012.新中国六十年福克纳研究之考察与分析[J].浙江大学学报(人文社会科学版)(1):148-156.
田平,洪增流.2008.《喧哗与骚动》:现代基督的救赎之路[J].山东外语教学(5):108-112.
汪伟峰.2004.《村子》的失落[J].四川外语学院学报(5):30-33.
王冰营.2009.试析福克纳长篇小说《野棕榈》的叙事艺术[J].作家(18):61-62.
王海燕.2016a.文学地理学视角下的意象研究:以福克纳《喧哗与骚动》中班吉叙述部分为例[J].中南民族大学学报(人文社会科学版),36(5):171-175.
王海燕.2016b.《押沙龙,押沙龙!》中的空间叙事[J].兰州学刊(9):16-22.
王立礼.1993.《押沙龙,押沙龙!》的多层次和多视角[J].外国文学(5):35-39.

王立新,王钢. 2011.《八月之光》:宗教多重性与民族身份认同[J]. 南开学报(哲学社会科学版)(1):9-15.

王娜. 2020.《喧哗与骚动》中的伦理混乱、伦理困境及伦理建构[J]. 华中学术(3):182-190.

王瑜砚. 1996. 从《喧哗与骚动》和《红楼梦》看中西挽歌式悲剧精神[J]. 浙江大学学报(社会科学版)(2):66-72.

威廉·福克纳. 2001. 村子[M]. 张月,译. 天津:百花文艺出版社.

威廉·福克纳. 2002a. 花斑马[M]. 陶洁. 福克纳短篇小说集. 南京:译林出版社.

威廉·福克纳. 2002b. 烧马棚[M]. 陶洁. 福克纳短篇小说集. 南京:译林出版社.

威廉·福克纳. 2002c. 熊[M]. 陶洁. 福克纳短篇小说集. 南京:译林出版社.

威廉·福克纳. 2004a. 献给爱米丽的一朵玫瑰花[M]. 陶洁. 福克纳短篇小说集. 南京:译林出版社.

威廉·福克纳. 2004b. 喧哗与骚动[M]. 李文俊,译. 上海:上海译文出版社.

威廉·福克纳. 2004c. 我弥留之际[M]. 李文俊,译. 上海:上海译文出版社.

威廉·福克纳. 2004d. 去吧,摩西[M]. 李文俊,译. 上海:上海译文出版社.

威廉·福克纳. 2004e. 圣殿[M]. 陶洁,译. 上海:上海译文出版社.

威廉·福克纳. 2004f. 八月之光[M]. 蓝仁哲,译. 上海:上海译文出版社.

威廉·福克纳. 2004g. 坟墓的闯入者[M]. 陶洁,译. 上海:上海译文出版社.

威廉·福克纳. 2004h. 掠夺者[M]. 杨颖,王菁,译. 上海:上海译文出版社.

威廉·福克纳. 2004i. 押沙龙,押沙龙![M]李文俊,译. 上海:上海译文出版社.

威廉·福克纳. 2009. 野棕榈[M]. 蓝仁哲,译. 上海:上海译文出版社.

威廉·福克纳. 2014. 密西西比[M]. 李文俊,译. 广州:花城出版社.

吴冰. 1995. 福克纳的《熊》给我们的启迪[J]. 外国文学(5):31-39.

武月明. 2009. 被命运的洪流裹挟而去:写在《野棕榈》中译本问世之际[J].

外国文学研究(5):152 - 157.

肖华锋. 2001. 19 世纪后半叶美国中产阶级的兴起[J]. 文史哲(5):120 - 126.

肖明翰. 1991.《押沙龙,押沙龙!》中的哥特手法[J]. 四川师范大学学报(社会科学版)(5):56 - 62.

肖明翰. 1992. 巴金与福克纳的家庭小说比较[J]. 四川师范大学学报(哲学社会科学版)(6):46 - 52.

肖明翰. 1994. 大家族的没落:福克纳和巴金家庭小说比较研究[M]. 桂林:广西师范大学出版社.

肖明翰. 1996. 美国南方文艺复兴与现代主义[J]. 当代外国文学(4):167 - 174.

肖明翰. 1997a. 威廉·福克纳研究[M]. 北京:外语教学与研究出版社.

肖明翰. 1997b.《押沙龙,押沙龙!》的多元与小说的"写作"[J]. 外国文学评论(1):52 - 60.

肖明翰. 1997c.《押沙龙,押沙龙!》的不可确定性[J]. 四川师范大学学报(社会科学版)(1):82 - 90.

肖明翰. 1999a.《圣殿》里的善恶冲突[J]. 国外文学(2):76 - 83.

肖明翰. 1999b. 威廉·福克纳:骚动的灵魂[M]. 成都:四川人民出版社.

肖启明. 1996. 比较文学的可喜成果:评《大家族的没落:福克纳和巴金家庭小说比较研究》[J]. 中国图书评论(8):57 - 58 .

徐丹. 2006. 从《村子》透视威廉·福克纳的美国南方情结[J]. 沈阳农业大学学报(社会科学版)(1):141 - 143.

许国林. 2007. 论 19 世纪末 20 世纪初美国新中产阶级的崛起[J]. 河南科技大学学报(社会科学版)(5):23 - 25.

许志强. 1999.《我弥留之际》的一个评注[J]. 外国文学评论(2):51 - 57.

杨金才. 2019. 新编美国文学史(第三卷)[M]. 上海:上海外语教育出版社.

杨依柳,李增. 2019. 论原质视域下"不存在"的埃米莉[J]. 外语与外语教学(2):128 - 136,151.

姚成贺. 2010. 绵延与停滞:《八月之光》之时间观[J]. 外语教学,31(3):64 - 67.

叶青. 1998. 论《喧哗与骚动》中的意识流主题线索[J]. 江苏教育学院学报(社会科学版)(4):68-69.

叶宪. 1990.《喧哗与骚动》中复调结构与对位法初探[J]. 浙江大学学报(社会科学版)(2):156-161.

于冬云. 1996. 一朵永远的玫瑰花:论艾米丽的悲剧情结[J]. 山东师范大学学报(社会科学版)(5):83-85.

于洪英. 1998. 福克纳与《喧哗与骚动》[J]. 天津师范大学学报(社会科学版)(3):58-62.

余志森. 2001. 崛起和扩张的年代(1829—1929)[M]. 北京:人民出版社.

虞建华. 2007. 美国文学的第二次繁荣:二三十年代的美国文化思潮与文学表达[M]. 上海:上海外语教育出版社.

约翰·巴克勒,贝内特·希尔. 1999. 西方社会史(第3卷)[M]. 霍文利,译. 桂林:广西师范大学出版社.

云天英. 2015. 福克纳小说转义理论之失乐园隐喻研究[J]. 东北师范大学学报(哲学社会科学版)(5):167-170.

曾军山. 2012a. 论斯诺普斯三部曲对南方边疆幽默作品"恶作剧人物"的呼应[J]. 内蒙古农业大学学报(社会科学版)(4):401-403.

曾军山. 2012b. 论斯诺普斯三部曲与南方骑士文化的互文性[J]. 外国文学(2):54-60,158.

曾军山. 2012c. 斯诺普斯三部曲的互文性研究[D]. 长沙:湖南师范大学.

詹树魁. 1999. 论《我弥留之际》的叙述手法[J]. 外国文学研究(2):13-18.

张付花. 2012. 后现代主义视角下对《献给艾米丽的玫瑰》的解读[J]. 名作欣赏(15):50-51,97.

张静. 2012. 论《野棕榈》"对位编码"的地理空间指向[J]. 世界文学评论(1):50-54.

张柯,刘静,杨瑞红. 2010. 一支给埃米莉的玫瑰:福克纳短篇小说(评注本)[M]. 上海:华东理工大学出版社.

张莉. 2008. 论《八月之光》"滴答滴"的叙事律动[J]. 四川外语学院学报(4):37-40.

张鲁宁,韩启群. 2011. 边界空间和情感结构:福克纳后期作品《村子》的空间文化批评[J]. 前沿(20):185－187.

张湄玲. 2012. 浅析福克纳小说中的沙多里斯与斯诺普斯主题[J]. 开封教育学院学报(1):24－27.

章启平. 1997. 小说《八月之光》中的反结构成分[J]. 天津外国语学院学报(3):67－73.

赵桂英,冯彦. 2012. 混乱无序的井然有序:福克纳的叙事艺术赏析[J]. 文艺争鸣(4):145－147.

赵嘉鸿. 2010. 空间的力量:论《献给爱米丽的一朵玫瑰花》的空间叙事[J]. 云南民族大学学报(哲学社会科学版)(5):141－145.

赵培玲. 1999. 评福克纳的《押沙龙,押沙龙!》[J]. 外国文学研究(2):19－22.

赵学勇,卢建红. 1991. 人与文化:"乡下人"的思索:沈从文与福克纳的比较研究[J]. 兰州大学学报(社会科学版)(3):130－137.

钟仕伦. 1991. 福克纳和沈从文的启示[J]. 当代文坛(3):48－49,52.

周厚娟,刘立辉. 2011. 文如画:《喧哗与骚动》的视觉化与空间化叙事[J]. 外语教学(2):68－71.

周杰. 1997. 福克纳的真实观与时间观:从《喧哗与骚动》谈开去[J]. 锦州师范学院学报(哲学社会科学版)(2):97－99.

周娟娟. 2011.《野棕榈》中"普通人"的存在主义解读[J]. 牡丹江大学学报(1):61－62,70.

朱徽. 1996. 重唱的挽歌:评肖明翰著《大家族的没落:福克纳和巴金家庭小说比较研究》[J]. 中国比较文学(3):145－147.

朱振武. 2004. 在心理美学的平面上:威廉·福克纳小说创作论[M]. 上海:学林出版社.

庄琰. 2011. 当巴赫金遇到福克纳:试用复调理论解析《我弥留之际》[J]. 郑州大学学报(哲学社会科学版)(3):103－105.

附录一　福克纳诺贝尔文学奖获奖演说

[原文]

Ladies and gentlemen,

I feel that this award was not made to me as a man, but to my work—a life's work in the agony and sweat of the human spirit, not for glory and least of all for profit, but to create out of the materials of the human spirit something which did not exist before. So this award is only mine in trust. It will not be difficult to find a dedication for the money part of it commensurate with the purpose and significance of its origin. But I would like to do the same with the acclaim too, by using this moment as a pinnacle from which I might be listened to by the young men and young women already dedicated to the same anguish and travail, among whom is already that one who will someday stand here where I am standing.

Our tragedy today is a general and universal physical fear so long sustained by now that we can even bear it. There are no longer problems of the spirit. There is only the question: When will I be blown up? Because of this, the young man or young woman writing today has forgotten the problems of the human heart in conflict with itself which alone can make good writing because only that is worth writing about, worth the agony and the sweat.

He must learn them again. He must teach himself that the basest of all things is to be afraid; and, teaching himself that, forget it forever, leaving no room in his workshop for anything but the old verities and truths of the heart, the old universal truths lacking which any story is ephemeral and doomed—love and honor and pity and pride and compassion and sacrifice. Until he does so, he labors under a curse. He writes not of love but of lust, of defeats in which nobody loses anything of value, of victories without hope and, worst of all, without pity or compassion. His griefs grieve on no universal bones, leaving no scars. He writes not of the heart but of the glands.

Until he relearns these things, he will write as though he stood among and watched the end of man. I decline to accept the end of man. It is easy enough to say that man is immortal simply because he will endure: that when the last ding-dong of doom has clanged and faded from the last worthless rock hanging tideless in the last red and dying evening, that even then there will still be one more sound: that of his puny inexhaustible voice, still talking. I refuse to accept this. I believe that man will not merely endure: he will prevail. He is immortal, not because he alone among creatures has an inexhaustible voice, but because he has a soul, a spirit capable of compassion, sacrifice and endurance.

The poet's and the writer's duty is to write about these things. It is his privilege to help man endure by lifting his heart, by reminding him of the courage and honor and hope and pride and compassion and pity and sacrifice which have been the glory of his past. The poet's voice need not merely be the record of man, it can be one of the props, the pillars to help him endure and prevail.

[译文]

女士们、先生们:

我感到这份奖金不是授予我个人而是授予我的工作的,授予我一生从事关于人类精神的呕心沥血的工作。我从事这项工作,不是为名,更不是为利,而是为了从人的精神原料中创造出一些从前不曾有过的东西。因此,这份奖金只不过是托我保管而已。为这份奖金找到与奖金原来的目的和意义相称的用途并不难,但我还想为奖金的荣誉找到承受者。我愿意利用这个时刻,利用这个举世瞩目的讲坛,向那些听到我说话并已献身同一艰苦劳动的男女青年致敬。他们中肯定有人有一天也会站到我现在站着的地方。

我们今天的悲剧是人们普遍存在一种生理上的恐惧，这种恐惧存在已久，以致我们能够忍受下去了。现在再没有精神上的问题了。唯一的问题是：我什么时候会被炸得粉身碎骨？正因为如此，今天从事写作的男女青年已经忘记了人类内心的冲突。然而，只有接触到这种内心冲突才能写出好作品，因为这是唯一值得写、值得呕心沥血地去写的。

他一定要重新认识这些问题。他必须使自己明白世间最可鄙的事情莫过于恐惧。他必须使自己永远忘却恐惧，在他的工作室里除了心底古老的真理之外，不允许任何别的东西有容身之地。缺了这古老的普遍真理，任何小说都只能昙花一现，注定要失败；这些真理就是爱情、荣誉、怜悯、自尊、同情、牺牲等感情。若是他做不到这样，他的力气终归白费。他不是写爱情而是写情欲，他写的失败是没有人感到失去可贵东西的失败，他写的胜利是没有希望，甚至没有怜悯或同情的胜利。他不是为有普遍意义的死亡而悲伤，所以留不下深刻的痕迹。他不是在写心灵而是在写器官。

在他重新懂得这些之前，他写作时就犹如站在人类末日中去观察末日的来临。我不接受人类末日的手法。因为人能传宗接代而说人是不朽的，这很容易。因为即使最后一次钟声已经消失，消失在再也没有潮水冲刷、映在落日的余晖里、海上最后一块无用的礁石之旁时，还会有一个声音，那就是人类微弱的、不断的说话声，这样说也很容易。但是我不能接受这种说法。我相信人类不仅能传宗接代，而且能战胜一切。人之不朽不是因为在动物中唯独他能永远发出声音，而是因为他有灵魂，有同情心，有牺牲和忍耐精神。

诗人和作家的责任就是把这些写出来。诗人和作家的特殊光荣就是去鼓舞人的斗志，使人记住过去曾经有过的光荣，他曾有过的勇气、荣誉、希望、自尊、同情、怜悯与牺牲精神以达到不朽。诗人的声音不应只是人类的纪录，而应是帮助人类永存并获得胜利的支柱和栋梁。

附录二　福克纳年谱

1897 年 9 月 25 日

出生于密西西比州的新阿尔伯尼。

1898 年 12 月

全家搬迁至密西西比州的瑞普莱。

1901 年

患猩红热。

1902 年 9 月 22 日

举家迁至密西西比州的奥克斯福镇。

1905 年 9 月 25 日

在奥克斯福上小学一年级。

1911 年 9 月

升入八年级;对上学不感兴趣,开始逃学且较频繁。

1914 年 6 月

开始诗歌创作。

1914 年 12 月

辍学。

1915 年

与埃斯特尔·奥尔德海姆结为“伴侣”。

1916 年

在银行任职;其间,继续诗歌创作。

1917 年

第一部作品问世;开始向《老密西》年鉴提供画稿。

1918 年 4 月

参军受阻,前往温彻斯特连发武器公司任职员。

1918 年 7 月

作为皇家空军新兵来到加拿大多伦多。

1918 年 12 月

退役。

1919 年春天

继续诗歌创作,后编入《大理石牧神》。

1919 年 8 月

发表第一首诗《午后的牧神》(又名《牧神的午后》)。

1921 年夏天

创作完成《春之幻景》。

1921 年夏天

接受邀请至纽约伊丽莎白·普劳尔·安德森经营的书店做店员。

1921 年 12 月

回到奥克斯福,并担任美国邮政局密西西比大学分局的局长。

1923 年

因没有资助,未能在波士顿四海公司出版《大理石牧神》,继续进行诗歌创作和短篇故事写作。

1924 年 5 月

出版第一部诗集《大理石牧神》。

1924 年夏天

由于饮酒,被学校解聘邮政局局长。

1924 年秋天

去新奥尔良拜访伊丽莎白·普劳尔·安德森,见到她的丈夫舍伍德·安德森。

1925 年春天

发表短篇小说;开始创作第一部小说《士兵的报酬》;住进舍伍德·安德森所在的公寓。

1925 年秋天

乘轮渡去意大利热那亚,游览了意大利的米兰、圣基里科-拉帕罗等地;由瑞士赴巴黎;短期访问英国一周,游历法国北部;回到奥克斯福。

1926 年 2 月

出版小说《士兵的报酬》。

1926 年 9 月

完成小说《蚊群》的创作。

1926 年 12 月

与威廉·斯普拉特林合著《舍伍德·安德森及其他著名的克里奥尔人》一书，讽刺了新奥尔良的几个人物，包括舍伍德·安德森。

1927 年 4 月

出版小说《蚊群》；开始创作《灰尘中的旗帜》。

1928 年春天

开始创作小说《喧哗与骚动》，仍未完成《灰尘中的旗帜》的创作。

1929 年 1 月

出版小说《萨托里斯》，该小说是《灰尘中的旗帜》的修订版。

1929 年 4 月

与埃斯特尔“离婚”。

1929 年 5 月

完成小说《喧哗与骚动》《圣殿》的创作。

1929 年 6 月

在奥克斯福附近的学院山长老会教堂与埃斯特尔结婚。

1929 年 10 月

出版小说《喧哗与骚动》。

1930 年 4 月

购置房产，取名为“花楸橡树”(Rowan Oak)。

1930 年 4 月

发表短篇小说《献给爱米丽的一朵玫瑰花》。

1930 年 10 月

出版小说《我弥留之际》。

1931 年 2 月

出版小说《圣殿》。

1931 年 9 月

出版短篇小说《这十三篇》。

1932 年 5 月

开始第一次好莱坞之行，并与美国导演霍华德·霍克斯建立了重要关系。

1932 年 8 月

父亲去世。

1932 年 10 月

出版小说《八月之光》。

1933 年 2 月

开始飞行训练并获得飞行执照。

1933 年 6 月

女儿吉尔·福克纳出生。

1934 年 4 月

出版《马丁诺医生及其他》，并开始创作小说《没有被征服的》。

1935 年 3 月

出版小说《标塔》。

1935 年 11 月

弟弟因飞机失事去世。

1935 年 12 月

在二十世纪福克斯电影公司工作，遇到剧务员米塔·卡彭特，开始十多年波折不断的亲密关系。

1936 年 10 月

出版小说《押沙龙，押沙龙！》。

1937 年 9 月

从好莱坞回到"花楸橡书"府第，开始创作小说《野棕榈》。

1938 年 2 月

出版小说《没有被征服的》，将电影制作权出售给米高梅电影公司；继续创作《野棕榈》。

1938 年 11 月

开始创作《村子》。

1939 年 1 月

当选美国国家艺术文学院院士；出版小说《野棕榈》。

1940 年 4 月

出版小说《村子》。

1942 年 5 月

出版《去吧，摩西和其他故事》（第二版去掉了“和其他故事”字样）。

1943 年 1 月至 1945 年 9 月

三次去加利福尼亚州伯尔邦克为华纳兄弟影片公司工作。

1946 年 4 月

到密西西比大学讲学，与青年学生交流。

1948 年 7 月

将未出版小说《坟墓的闯入者》的电影制作权出售给米高梅电影公司。

1948 年 9 月

出版小说《坟墓的闯入者》。

1949 年 2 月

协助在奥克斯福拍摄《坟墓的闯入者》。1949 年 8 月，遇见情人琼·威廉斯。

1949 年 11 月

出版小说《让马》。

1950 年 2 月

开始创作小说《修女安魂曲》。

1950 年 5 月

荣获美国艺术文学院颁发的霍威尔斯小说奖。

1950 年 8 月

出版《威廉·福克纳短篇小说集》。

1950 年 12 月

荣获 1949 年度诺贝尔文学奖，并在瑞典斯德哥尔摩发表获奖演说。

1951 年 2 月

出版《盗马贼笔记》。

1951 年 3 月

《威廉·福克纳短篇小说集》获全国图书奖的小说奖。

1951 年 9 月

出版小说《修女安魂曲》。

1951 年 10 月

获得法国总统颁发的荣誉团勋章。

1952 年 5 月

到法国巴黎和挪威奥斯陆旅行一个月，在巴黎向法国国会发表“文化自由”主题的演讲。

1953 年 11 月

完成小说《寓言》手稿。

1954 年 1 月至 3 月

赴欧洲访问，主要目的地是英国、法国和意大利；在埃及开罗疗养。

1954 年 8 月

出版小说《寓言》。

1955 年 1 月

小说《寓言》获全国图书奖的小说奖。

1955 年 5 月

小说《寓言》获得普利策奖。

1955 年 7 月至 8 月

受美国政府委派赴日本和菲律宾访问。

1955 年 8 月下旬至 10 月

访问意大利、法国和冰岛。

1956 年 9 月

由奥克斯福至华盛顿参加“人际计划”作家集会活动。

1957 年 2 月

由奥克斯福至纽约参加“人际计划”作家集会活动。

1957 年 2 月到 6 月

担任弗吉尼亚大学一个学期的驻校作家。

1957 年 3 月

受美国政府委派赴雅典访问两周，接受希腊科学院的银质奖章。

1957 年 5 月

出版小说《城镇》。

1958 年 1 月

担任弗吉尼亚大学一个学期的驻校作家，并且开始创作《大宅》。

1959 年 1 月

《修女安魂曲》被搬上舞台，首次在纽约百老汇演出。

1959 年 3 月

在美国弗吉尼亚州夏洛茨维尔骑马时坠马，右锁骨骨折。

1959 年 10 月

母亲去世。

1962 年 1 月

在美国弗吉尼亚州夏洛茨维尔骑马时坠马受伤。

1962 年 5 月

荣获美国艺术文学院的小说金质奖章。

1962 年 6 月

出版小说《掠夺者》。

1962 年 6 月

在奥克斯福骑马时坠马受伤。

1962 年 7 月

心脏病发作，于 6 日凌晨 1 时 30 分逝世；7 日，葬于奥克斯福圣彼得公墓。

附录三　福克纳主要作品

长篇小说

1.《士兵的报酬》(*Soldiers' Pay*, 1926)

主要人物:

唐纳德·马洪	Donald Mahon
乔·吉利根	Joe Gilligan
玛格丽特·鲍尔斯	Margaret Powers
塞西莉·桑德斯	Cecily Saunders
乔治·法尔	George Farr

2.《蚊群》(*Mosquitoes*, 1927)

主要人物:

道森·费尔柴尔德	Dawson Fairchild
西奥多	Theodore
塔利费罗	Talliaferro
毛里埃太太	Mrs. Maurier
考夫曼	Kauffman
诺西卡	Nausikaa
朱利叶斯·考夫曼	Julius Kauffman
马克·弗罗斯特	Mark Frost
马耶·艾尔斯	Major Ayers
伊娃·怀斯曼	Eva Wiseman
多萝西·詹姆森	Dorothy Jameson

帕特·罗宾	Pat Robyn
珍妮·斯坦鲍尔	Jenny Steinbauer
皮特·吉诺塔	Pete Ginotta
大卫·韦斯特	David West

3.《萨托里斯》(*Sartoris*, 1929)

主要人物：

贝阿德·萨托里斯	Bayard Sartoris
约翰·萨托里斯上校	Colonel John Sartoris
维吉尼亚·萨托里斯·杜普雷	Virginia Sartoris Dupre
纳西莎·本堡	Narcissa Benbow

4.《喧哗与骚动》(*The Sound and the Fury*, 1929)

主要人物：

班吉·康普生	Benjamin (Benjy) Compson
凯蒂·康普生	Candace (Caddy) Compson
昆丁·康普生	Quentin Compson
杰生·康普生	Jason Compson IV
迪尔西·吉普生	Dilsey Gibson

5.《我弥留之际》(*As I Lay Dying*, 1930)

主要人物：

安斯·本德伦	Anse Bundren
卡什·本德伦	Cash Bundren
艾迪·本德伦	Addie Bundren
达尔·本德伦	Darl Bundren
杜威·德尔·本德伦	Dewey Dell Bundren

6.《圣殿》(*Sanctuary*, 1931)

主要人物：

谭波尔	Temple Drake
“金鱼眼”	Popeye
李·古德温	Lee Goodwin
高恩·斯蒂文斯	Gowan Stevens

7.《八月之光》(*Light in August*, 1932)

主要人物：

乔·克里斯默斯	Joe Christmas
乔安娜·伯登	Joanna Burden
卡尔文·麦凯依琴	Calvin McEachern
乔·布朗	Joe Brown
盖尔·海托华	Gail Hightower
莉娜·格鲁夫	Lena Grove
拜伦·本奇	Byron Bunch

8.《标塔》(*Pylon*, 1935)

主要人物：

拉维恩	Laverne
吉格斯	Jiggs

9.《押沙龙，押沙龙！》(*Absalom*, *Absalom*! 1936)

主要人物：

托马斯·萨德本	Thomas Sutpen
古德休·科德菲尔德	Goodhue Coldfield
罗莎·科德菲尔德	Rosa Coldfield
埃伦·科德菲尔德	Ellen Coldfield
查尔斯·邦	Charles Bon
亨利·萨德本	Henry Sutpen
朱迪思·萨德本	Judith Sutpen
沃许·琼斯	Wash Jones

10.《没有被征服的》(*The Unvanquished*, 1938)

主要人物：

巴耶德·萨托里斯	Bayard Sartoris
约翰·萨托里斯	John Sartoris
罗莎·米拉德	Rosa Millard
德鲁西拉·奥克	Drusilla Hawk
林戈	Ringo

11.《野棕榈》(*The Wild Palms*, 1939)

主要人物：

夏洛特·里腾梅耶	Charlotte Rittenmeyer

哈里・威尔伯恩	Harry Wilbourne
弗朗西斯・里腾梅耶	Francis Rittenmeyer

12.《村子》(*The Hamlet*, 1940)

主要人物：

福列姆・斯诺普斯	Flem Snopes
欧拉・瓦尔纳	Eula Varner
威尔・瓦尔纳	Will Varner
亨利・阿姆斯蒂	Henry Armstid

13.《去吧,摩西》(*Go Down*, *Moses*, 1942)

主要人物：

艾萨克・麦卡斯林	Isaac McCaslin
卢卡斯・布钱普	Lucas Beauchamp
西奥菲勒斯・麦卡斯林	Theophilus McCaslin

14.《坟墓的闯入者》(*Intruder in the Dust*, 1948)

主要人物：

查尔斯・马里森	Charles Mallison
卢卡斯・布钱普	Lucas Beauchamp
加文・斯蒂文斯	Gavin Stevens
亚力克・桑德尔	Aleck Sander
哈伯舍姆女士	Miss Habersham
克劳福德・高里	Crawford Gowrie
奥普・汉普顿	Hope Hampton

15.《修女安魂曲》(*Requiem for a Nun*, 1951)

主要人物：

坦普尔・德雷克・斯蒂文斯	Temple Drake Stevens
高恩・斯蒂文斯	Gowan Stevens
南希・曼尼戈	Nancy Mannigoe
加文・斯蒂文斯	Gavin Stevens

16.《寓言》(*A Fable*, 1954)

主要人物：

下士	The Corporal

元帅 The Marshal
法军师长 General Gragnon
军需处长 The Quartermaster General

17.《城镇》(*The Town*, 1957)

主要人物:

弗莱姆·斯诺普斯 Flem Snopes
曼弗雷·德·斯潘 Manfred de Spain
欧拉·瓦尔纳·斯诺普斯 Eula Varner Snopes
琳达·斯诺普斯 Linda Snopes
加文·斯蒂文斯 Gavin Stevens
查尔斯·马里森 Charles Mallison

18.《大宅》(*The Mansion*, **1959**)

主要人物:

弗莱姆·斯诺普斯 Flem Snopes
琳达·斯诺普斯 Linda Snopes Kohl
明克·斯诺普斯 Mink Snopes
加文·斯蒂文斯 Gavin Stevens
弗拉基米尔·基里里奇拉·拉特利夫 Vladimir Kyrilytch Ratliff

19.《掠夺者》(*The Reivers*, 1962)

主要人物:

卢修斯·普里斯特 Lucious Priest
布恩·霍根贝克 Boon Hogganbeck
内德·麦卡斯林 Ned McCaslin
帕瑟姆·胡德 Parsham Hood

短篇小说

1.《献给爱米丽的一朵玫瑰花》(“A Rose for Emily”, 1930)

主要人物:

爱米丽·格里尔森	Emily Grierson
荷默·伯隆	Homer Barron

2.《烧马棚》(又译为《燃烧的谷仓》)(“Barn Burning”, 1939)

主要人物:

萨托里斯·斯诺普斯上校	Colonel Sartoris Snopes
阿伯纳·斯诺普斯	Abner Snopes
伦尼·斯诺普斯	Lennie Snopes
德·斯潘少校	Major de Spain
海瑞思先生	Mr. Harris

3.《让马》(“Knight's Gambit”, 1949)

主要人物:

加文·斯蒂文斯	Gavin Stevens
查尔斯·马礼逊	Charles Mallison
麦克斯·海瑞思	Max Harriss
塞巴斯蒂安·高尔祖斯	Sebastian Gualdres
海瑞思夫人	Mrs. Harriss

诗　集

1.**《春之幻景》**(*Vision in Spring*, 1921)

2.**《大理石牧神》**(*The Marble Faun*, 1924)

3.**《绿枝》**(*A Green Bough*, 1933)

后　记

福克纳的约克纳帕塔法世系小说是一座蕴含丰富历史文化的宝藏,折射了面临工业文明侵入的南方社会现实。在福克纳的小说里,可以看到南方奴隶制的罪恶、种植园主的腐败残酷和非人性、工商业文明的繁荣及人性的复杂。福克纳的作品影响了一代又一代作家。阅读福克纳的作品时,中外读者往往被他人物的塑造、创作的手法及创造的艺术世界折服。文学创作从来都不是孤立的,而是根植于作家所处的时代。脱离作家所处时代及历史语境,则无法探析作家创作的全貌。福克纳没有回避时代变革带来的阵痛,而是以作家的独特视角在文本中记录了新旧时代冲突,并以此为背景塑造人物,呈现复杂人性。因此,将福克纳小说置于特定历史语境,考察文本与时代的关系,成为我的毕业论文的研究主题。本书是在我的毕业论文的基础上修改而成,吸纳了空间理论、物质文化、生态批评等视角下的福克纳最新研究成果。

在写作过程中,随着对福克纳创作历史语境的挖掘,研究方法也实现对传统的突破。福克纳与各种语境之间的复杂关系得到了前所未有的观照。约翰·马修斯认为研究历史语境可以帮助理解作品的文化内涵,历史语境的想象性再现也可以改变读者对于历史语境的理解。借助历史语境,文史互鉴,我们会更容易理解福克纳文本中关于种族、宗教、伦理、女性、生态等主题的诠释体现了福克纳对美国南方社会转型期变革的多维思考。

在本书即将付梓之际,我要感谢导师史志康教授。史老师学术造诣深厚,治学风格严谨,性格乐观开朗,谈吐幽默机智,学术态度开放,无时无刻不影响着我。他渊博的学识、不拘一格的学术思想,以及“咬定青山不放松”的治学精神感染着我。从毕业论文选题的确定、提纲的拟定至论文撰写，史老师全程给予了我细致的指导。在撰写本书的过程中，史老师亦给予了我无私的帮助。

感谢戴炜栋教授、何兆熊教授、虞建华教授和李维屏教授。他们的课程和指导让我终身受益。他们给予我很多科学研究方面的指导，如如何深入开展文学研究。我还要感谢乔国强教授，他无私地指出我论文写作提纲的问题并给出宝贵修改意见。

感谢外国语学院原院长肖飞教授，感谢他给予我在学业和事业上的鼎力支持和人生道路上的指引。感谢陈莉萍院长在工作上和学习上对我的指导和帮助。感谢外国语学院的各位同事，没有他们在教学和科研上的帮助，就不会有这本书的付梓。

同时，我还要真诚感谢苏州大学出版社汤定军老师和他的同事们，没有他们的辛苦付出就不会有拙著的出版。

最后，我要感谢我的家人，感谢他们给予我的支持、关爱和理解！尤其是我的妻子，她一直默默地付出，与我分忧，助我教研。在论文写作和本书修改过程中，她与我一起商讨，并在撰写过程中提出了很多宝贵的建议。参与她的课题研究，我也得到了许多研究方法上的启示和学术成长。我也要感谢孩子们，是她们给了我继续前行的动力！

限于本人的学术能力，书中谬误之处在所难免，恳请读者们给予指正。

张鲁宁

2021 年 1 月，于南京林业大学文科楼